個のイノベーション

—対談集—

出井伸之

はじめに

ソニーの社長時代、マイケル・ジャクソンを見ていて感じたことがある。マイケルはソニー・ミュージックの専属ミュージシャンだったが、ソニー・グループ全体を率いていた私に直接、頻繁に連絡してきた。音楽の担当者はいるし、ソニー・ミュージックの社長ももちろんいる。だが、私にいろんな相談を持ちかけてきたのだ。

彼はいろいろとやりたかった。しかし、担当者や役員、音楽会社の社長では、どうしても権限の範囲が決まっており、それを超えることは難しい。そこで、私に電話をかけてきたのだ。これはマイケルに限らず、マライア・キャリーも同じだった。

アメリカのミュージシャンたちは、当時からすでに「個」が確立していた。だから、強かったし、イノベーティブなものが次々に生まれていったのだと思う。そのときから、日本もやがて「個」が求められてくるようになるに違いない、と感じていた。

実際、マイケルやマライアのアクションと、日本のエンターテインメントを比べてみると、とてもわかりやすい。ミュージシャンであれ、俳優であれ、彼ら彼女らは事務所やエージェンシーに所属する。そして多くが、所属する会社の言う通りに活動する。

それこそレコード会社のトップ、ましてやレコード会社の親会社のトップに直訴する、などということはないだろう。日本は「個」ではなく、組織で動いていくのだ。

だから、日本はイノベーションが遅れたのである、と私は思う。「個」の尖りを、組織は押しとどめてしまった。そして結果的に、エンターテインメントは韓国にすっかりお株を奪われてしまった。アジア市場でも、アメリカにおいても、圧倒的な存在感を持っているのは、Ｋ－ＰＯＰをはじめとする韓国のエンターテインメントだ。

だが、これはエンターテインメントの領域に限らない。日本は組織、もっといえば「会社」という概念が強すぎるのである。会社の概念では、「個」は薄くなる。そうすると、どうしても尖ったものは出てこない。

一方で、組織から外に飛び出した人たちは、次々にイノベーションを起こしていく。まさに「個」だからだ。イノベーションは「個」が生み出しているのだ。

最近では、会社から部門ごとごっそりと抜けたところが、輝きを取り戻したりすることがある。これも「個」のイノベーションの一つだと思う。会社という組織から抜け出し、みんなが一緒にやっていたところからバラバラになることによってイノベーションが生まれたのである。

日本は経済が停滞して久しい。いかにしてここから脱却できるか、さまざまなチャレンジが行われてきたが、うまくいっている事例はまだまだ少ない。そこで私が提案するのが、「個」の再定義であり、「個」のイノベーションを意識していくことだ。

インターネットに乗り遅れたことを、日本の停滞の理由にしてはいけない。日本企業がいかに社員を縛り付けていたか。「会社」がいかに日本人をがんじがらめにしていたか。それこそ、まるで言論統制をしていたかのように、個人は会社や組織にとらわれていた。

これからは「個」をもっと意識するべきだ。「個」の発想から生まれるイノベーションに踏み込むことだ。会社員も、大学の先生も変わっていかないといけない。「自分はこの担当だから」「ほかのことはよくわからない」は、組織の発想である。「個」で考えれば、すべてはつながっているのだ。

日本に求められているのは、閉塞した状況を「個」が突き破っていくことだ。ダイバーシティーという流れも、まさしく「個」に向かう変化である。

では、具体的にどうすればいいのか。そこで本書では私が「今こそ、この人に話を聞くべきだ」と感じてきた6人の「個」のプロフェッショナルにご登場をいただき、私とさまざまにディスカッションさせていただくことにした。

彼らの強烈なエネルギーとともに、これからの「個」の突き破り方について、さらには彼らが見ている世界について、学びを深めていただければ幸いである。

個のイノベーション
CONTENTS

序章

日本の「春」は「個」から始まる

IDEI Nobuyuki

出井伸之（いでい・のぶゆき）
1937年、東京都生まれ。60年早稲田大学卒業後、ソニー入社。主に欧州での海外事業に従事。オーディオ事業部長、コンピュータ事業部長、ホームビデオ事業部長など歴任した後、95年に社長就任。以後10年に渡り、ソニーの変革を主導した。退任後、2006年9月にクオンタムリープを設立。大企業変革支援やベンチャー企業の育成支援活動を行う。NPO法人アジア・イノベーターズ・イニシアティブ理事長。

なぜ日本はｉＰｈｏｎｅを作れなかったのか

ｉＰｈｏｎｅ（アイフォーン）が登場した２００７年、私はすでにソニーを離れてクオンタムリープという自分の会社を経営していたのだが、一目見て、「これはソニーには作れないな」と思ったことを覚えている。

理由は極めて単純で、初代ｉＰｈｏｎｅにはすでに「ネジ」がなかったからである。ネジがないとは、何を意味するか。何かが起きても、修理ができないのだ。開けようがないからである。日本のモノづくりでは、絶対にこんな仕様にしない。

逆にいえば、日本のモノづくりからはこんな大胆なイノベーションは生まれてこなかっただろう、とすぐに気づいたのである。もっとも、だからこそ「モノづくりから脱却するべきだ」と私はソニーの社長時代に言い続けていたのではあるが。

だが、もっと本質的に日本がｉＰｈｏｎｅを生み出せなかった理由がある。それは、ｉＰｈｏｎｅを作るどころか、携帯端末の基本設計すら日本のメーカーはやらせてもらえなかったという現実があったからだ。

かつては国策会社だった通信キャリアが、すべてを指示していた。それこそ４万点にのぼる携帯端末の部品について細かく指示を出し、日本のメーカーに作らせてきたという歴史があるのである。

しかも、当初は携帯端末にメーカー名すら入れさせてもらえなかった。与えられたのは、型番のアルファベットの頭文字だけ。パナソニックは「P」、富士通は「F」、ソニーは「S」、こうして何が起きたのかというと、メーカーのエンジニアたちは端末を使うユーザーではなく、通信キャリアを向いて仕事をし始めてしまったのである。

これは、「お客さま」はユーザーではなく、通信キャリアだと思い込んでしまったことに等しい。しかも、基本設計はやろうとしてもできない。「こう作れ」と言われて、できる範囲で作っていた。これでユーザーを、あるいは世界を驚かせるイノベーションなど、生まれるはずがない。

もっといえば、通信キャリアの意に反したことをすれば、出入り禁止が申し渡される。もうビジネスはできなくなる。こんなことが本当にまかり通っていたのだ。

これこそ、日本の象徴的な姿だったと思う。「個」がまるで見えてこない。「個」どころか、会社すらも見えてこなかった時代があったのだ。新しい技術が生まれ、世界でイノベーションが起きる機運が高まっていたのに、日本はとてもそんな状況にはなかったのである。

日本は世界一の検索エンジン技術を持っていたが……

もう一つ、自分で会社をスタートさせた２００６年頃、若いエンジニアがたくさん来社してくれて、さまざまな話を聞かせてくれた。携帯端末については残念な状況にあったが、日本には実は優れた技術があった。例えば、検索エンジンである。

当時、日本は世界一の検索エンジンの技術を持っていた。ところが、そこから技術を飛躍させることはできなかった。法律の制約があったからだ。検索エンジンはコンテンツの改造につながる、などという暴論まであった。

サーバーを国内に自由に置くこともできなかった。日本企業はすっかり腰が引けてしまった。国に忖度《そんたく》したのである。やがて、海の向こうで後にＧＡＦＡ（グーグル、アマゾン、フェイスブック［現メタ］、アップル）の一角を占める巨大企業が出現する。

検索エンジンのような新しい技術でも「個」が生かせなかったのだ。伸ばそうとするどころか、組織が、あるいは見えない空気が「個」を潰してしまった。そして、大元締めの巨大官庁は、いつまでもルールを作らなかった。というか、よくわからないから、作れなかったのだと思う。こうして、日本は時代にどんどん遅れていった。

実は今なお、状況は変わっていない。例えば、日本ではスマートフォン（スマホ）はほとんどの人が通信キャリアで買う。インターネットで個人が自由に手に入れることのできる中国とは大きな違いである。そして中国で何が起きたのかというと、ＯＰＰＯ（オッポ）やＶｉｖｏ（ビボ）という新興メーカーの勃興だった。

日本人がほとんど名前を知らない巨大スマホメーカーが、中国ではあっさりと誕生した。それは「個」が許されていたからである。日本と比べて、果たしてどちらが健全でエネルギッシュな市場といえるだろうか。

中国人の友人たちがよく口にするのは、「日本のほうが中国よりもはるかに社会主義だ」という言葉である。そして、「よくもこれだけ規制でがんじがらめの中で、ビジネスをやっているな」と。日本では当たり前だが、世界ではまったく当たり前でないことは少なくない。

ソニーが１９８０年代にコンテンツ企業になった理由

戦後の日本はたしかに奇跡の復興を遂げた。日本でモノづくりをしていたメーカーは、次々に世界を席巻し、輸出によって大きな利益を得た。しかし、金融がそれを変えた。日本の１９６０年代、70年代は管理通貨の時代だった。海外に行くときには、持ち出しができる外貨が定められていた。ところが日本は豊かになり、金融が自由になった。そうすると何が起きたのかというと、アメリカの逆襲が始まったのだ。

私が大学を卒業してソニーに入社した年は、１ドル＝３６０円という固定相場制だった。以後、長く３６０円時代が続くが、73年に変動相場制に移行する。そして85年のプラザ合意から一気に円高が始まり、１ドルが２００円を突破、１５０円をも破り、私が社長をしていた時代には、70円台にまでなった。

３６０円の時代から考えて、円はとうとう5倍になってしまったのだ。私は２００円あたりの時代から、これで輸出をして世界にモノを売っていこうなどというのが、いかに危ういかと考えるようになっていった。

当時の社長だった盛田昭夫さんにも、「この円高は引き受けるしかないけれど、もうモノづくりは無理なのではないか」という話をしていた。もちろん、盛田さんはそのことをよくわかっていた。だから、ソニーはコロンビア・ピクチャーズを買収したのである。

ハードウエアを売るためにコンテンツの獲得競争をしているのだ、と当時のメディアにはよく書かれた。が、状況はそれほど単純なものではなかった。円高は輸出には厳しい事態を招くが、強い円には別の意味で魅力があった。「今の猛烈な円高のうちに、アメリカの会社を買っておかないといけない」というのが盛田さんの考えだったのである。

ちょうど私はその頃、インターネットが登場するという話をアメリカで耳にしていた。「バーチャル世界の到来が、リアル世界にとっては隕石のようなものになる」とのリポートを会社に提出している。その後、10人ほどの社内シンクタンクを立ち上げて、研究を進めた。

その研究で、インターネットが一般の人たちに広がったときに起こり得るインパクトが見えてきた。それは、コンテンツを見るメディアはどんどん小さなものになっていくということ。そして最後は「個」になってしまう、ということだった。

「個」になった時代に、何が起こるのか。まさに今、起きていることだが、最も価値を持つのはコンテンツ、すなわちソフトウエアなのである。ハードウエアではないのだ。それが見えていたから、ソニーは映画会社を買った。そしてソニーのハードウエアの売り上げは、今や全体の３割台に過ぎない。

今や、人々が関心を示すのは、ソフトウエアであって、ハードウエアではない。テレビは、ＹｏｕＴｕｂｅ（ユーチューブ）のようなネット動画配信サービスを見る機械みたいになってしまった家も多い。電話にもネット端末にもなる小さなスマホ画面で、映画もゲームも、テレビすらも楽しむ人が増えている。

デジタル革命の行き着く先は「個」だったのだ。だから私は社長時代、「デジタル・ドリーム・キッズ」というビジョンを打ち出した。デジタル時代に育ったユーザーがワクワクするような製品やサービスを発信していこうという、これからのソニーが向かう方向性を示した。デジタルに夢を持つこと。それはプロダクトというハードウエアの戦略ではなく、ユーザーをいかに喜ばせるかという戦略だった。

デジタル時代の本質は今も変わらない。向かっているのは、さらに進む「個」の時代である。

ビジネスの大きさは、距離に反比例する

ノーベル賞を受賞した江崎玲於奈さんと親しくさせていただいて、たくさんのことを教えてもらった。例えば、指数関数的変化。これはまさに私が作った会社の名前、クオンタムリープのことなのだが、リニア（直線的）に変化をしないのである。一気に飛躍的に変化していくのだ。

その代表的なものが、コンピューターであり、その性能を支えるのが半導体である。半導体のすさまじい進化こそが、コンピューターテクノロジーの指数関数的変化をもたらしてきた。だからこそ、半導体は注目されてきた。

一方、日本の強みであるモノづくりの世界では、収穫逓減の法則が働く。大量に製造しているうちに、必ず生産性が落ちるのである。大きいサイズに効率を求めてはいけない。大きさにポテンシャルはそれほどないことに気づかないといけない。

江崎さんに教わった法則は、もう一つある。ビジネスの大きさは距離に反比例する、というものだ。近いほど大きなビジネスになり、遠いほどビジネスは小さくなっていく。

私は実際にデータを調べてみた。日本とアメリカのビジネス、日本と中国のビジネスの比較である。驚いたのだが、アメリカはゆるやかに拡大していったのに対して、中国とのビジネスは急激に大きくなっていた。

これからを考えていくときにも、この法則は成り立つだろう。近くにあるビジネスは大きくなり、遠くになるビジネスはなかなか大きくならない。そこに気づけたなら、これから日本が向かうべきエリアがわかる。アジアだ。

しかもアジアは今、急激な成長の途上にある。中国はＩＴ（情報通信）の先進国であり、これからもイノベーションを続けていくだろう。真下には、インドという大国も控えている。そしてインドネシアは２億７０００万人という巨大な人口を持つ国であり、しかも平均年齢が若い。

ほかにも、大きなポテンシャルを抱えているアジア各国がそろっている。それこそ、リニアではない、爆発的な成長をする国も現れるだろう。これからは間違いなく、アジアの時代がやってくる。考えるべきは、そのとき日本はどんなポジションにいるべきなのか、ということだ。どの国をメインパートナーにするのか、ということも含めて。

現段階では、アジアでいち早く成長に漕ぎ出した日本を、アジア各国はリスペクトしてくれている。この事実は大きい。ただし、日本のこれまでのやり方はデジタル時代に即したものではない。今こそ「個」に即したやり方に変えなければいけない。

日本は春夏秋冬の「冬」にある

人間には人生の第四楽章がある、と私は考えている。生まれて25歳までの第一楽章、50歳までの第二楽章、75歳までの第三楽章、100歳までの第四楽章である。それは、人生の春夏秋冬と呼んでもいいかもしれない。

興味深いのは、「分別心や知識・経験」が年齢を経ていくごとに右肩上がりに大きくなっていくのに対して、「クリエーティブな才能」は0歳を100%に右肩下がりで小さくなっていってしまうことである。そして、それがクロスするのが50歳前後。最も働き盛りの年齢である。

春夏秋冬でいえば、夏から秋にかけて。まさに人生の旬を迎えるのだ。このときを充実させるためにも、50歳までを頑張らなければいけない。そして50歳以降は、クリエーティブな力の衰えに気をつけなければいけない。

春夏秋冬は、企業にもある。ソニーにも春夏秋冬があった。真空管の時代から、トランジスタ・半導体の時代へと破壊的なイノベーションを起こした時代のソニーは、まさに春から夏にかけて、だった。

私が１９６０年に入社したとき、80億円だった売上高は、私がソニーを卒業するときには８兆円を超えていた。実に約１０００倍である。この急成長の背景には、半導体の急激な発展、グローバリゼーションの進展、事業の多角化、ＡＤＲ（米国預託証券）発行など、数々のイノベーションがあった。

春夏秋冬は、国家や経済にもある。日本は45年に敗戦をしてから、15年ほどが春の時期である。それからソニーやホンダなど新しい会社がどんどん成長する夏の時期が90年くらいまで続く。モノづくりの国際化時代だった。

そして、バブル崩壊。ここで日本の夏は終わりを告げ、秋に突入。95年には、Ｗｉｎｄｏｗｓ95が登場し、コンピューター時代の幕開けを告げ、２０００年からはインターネット時代がやってきた。

その頃までは日本は秋だったが、今の日本は完全に冬に入ってしまったと考えている。しかし、冬のあとには、必ず春がやってくる。江戸時代にも２６０年に及ぶ春夏秋冬があり、明治維新からは１００年間の春夏秋冬があった。

　戦後の成長の春から夏は50年、ＩＴ時代の秋から冬が25年、そしていよいよ次なる春がやってくるはずだ。

　あてずっぽうで言っているわけではない。まず周辺国であるアジアが大きく伸びる。中国もさらに伸びる。中国がアメリカのＧＤＰ（国内総生産）を追い越すのは２０３０年だ、と私は見ている。そのくらいのスピードでやっているし、伸ばしていこうとしている。

　そしてもう一つは、日本が遅れていることだ。遅れているのであれば、それを取り戻せばいい。

　ドイツの友人から興味深い話を聞いた。なぜモノづくりに強かったドイツと日本が、プラットフォーマーを作り損ねたか、である。戦後の日本とドイツは、似たもの同士だった。そして成功した。しかし、成功したがゆえに、新しいバスに乗り遅れたのである。

「個」を解き放つことのポテンシャル

　インターネットという隕石によって、企業は大きな変化を強いられることになった。ビジネスモデルは、垂直統合型から水平分業型へ。資産だったものは負債になった。しかも、インターネットには遠心力があった。一気に急激に成長する。

ラジオが5000万人の利用者を獲得するには38年かかった。テレビは13年。しかし、iPodは4年、インターネットは3年、フェイスブックは1年、ツイッターは9カ月、インスタグラムは6カ月、ポケモンGOに至っては2週間だった。

アメリカ企業の時価総額ランキングは、20年前とすっかり塗り替えられてしまっている。だが、日本は変わり切れないでいる。新陳代謝が起きていない。変革は待ったなしになっている。とりわけ通信キャリアやメーカー、自動車、ヘルスケア・医療、金融業界は厳しい。

ビッグデータ、IoT（モノのインターネット）、ブロックチェーン、AI（人工知能）、5Gなどの新しいパラダイムが次々に押し寄せている。こうしたテクノロジーを用いた、DX（デジタルトランスフォーメーション）が求められている。

しかも世界は新型コロナウイルスの感染拡大で厳しい状況にある。そんな中、コロナ禍は変化のいい機会だ、などという声もある。しかし、私はそうは思わない。そんな後ろ向きに捉えるべきではない。

これから出てくる新しい技術でいかにビジネスを作り上げていくか、伸びるアジアに出ていくか、ということこそが問われているのだ。その意味で、日本にはむしろ今、ポテンシャルがあるとすら感じる。

それこそこれからプラットフォーマーは、モノとくっついていくことになるだろう。オンラインとオフラインの境目がなくなっていく。いわゆるＯＭＯ（オンラインとオフラインの融合）である。オンラインの会社がオフラインの会社を使って、新しいビジネスを展開していく。

そうすることで通信や交通、エネルギーや金融は大きく変わっていく。世の中は飛躍的に便利になっていく。それが、これから10年で起こる。

日本は、この10年の変化を軽んじてはいけない。むしろそれを楽しみ、それを主導する立場になるべきだろう。それだけのポテンシャルを持っているのだから。

そのキーワードこそ、「個」である。「個」を解き放つことのポテンシャルに、今こそ日本企業は気づくべきである。それこそもし、オンライン会議システム「Ｚｏｏｍ（ズーム）」を日本の通信キャリアがやっていたら、どうなっていただろう。ユーザーは、どれほどの金額を請求されただろうか。

しかし、世界中のとんでもない数の「個」がユーザーとして集まったからこそ、Ｚｏｏｍは成立した。今、求められているのは、こういう発想である。

会社という日本の組織から解き放たれること。「個」の時代から、新しい日本の「春」は始まる。

そのための、さまざまなヒント、知っておかなければいけない情報を、探りに行こう。

第1章

冨山和彦

【日本共創プラットフォーム社長、経営共創基盤グループ会長】

東京一極集中は開発途上国モデル
地方再生で、日本の元気を取り戻す

TOYAMA Kazuhiko

冨山和彦（とやま・かずひこ）
日本共創プラットフォーム代表取締役社長、経営共創基盤グループ会長。1960年、東京都生まれ。東京大学法学部卒。在学中に司法試験合格。スタンフォード大学経営学修士（MBA）、ボストンコンサルティンググループ、コーポレートディレクション社長を経て、産業再生機構COO（業務執行最高責任者）に就任。2007年、経営共創基盤設立。JALはじめ数多くの企業の経営改革や成長支援に携わる。パナソニック社外取締役。著書に『コーポレート・トランスフォーメーション　日本の会社をつくり変える』（文藝春秋）など多数。

成熟した経済社会では、ローカル経済圏が光っている

出井　経営共創基盤（ＩＧＰＩ）のＣＥＯ（最高経営責任者）を離れ、２０２０年に日本共創プラットフォーム（ＪＰ・ｉＸ）を設立して、社長に就任されましたね。どんな背景があったのでしょう。

冨山　日本の経済を考えるときには、いわゆるグローバル軸、そしてもう一つ、ローカル軸があります。世界に目を向けて輸出や現地生産などで潤っていく企業がある一方で、地方都市で地域を潤わせている企業もあり、どちらも大事です。

ところが、これまで日本の経済、もっといえば日本を元気にするときに注目して語られてきたのは、グローバル軸ばかりだった。両方が大事なのに、ローカル軸には関心が向かなかった。むしろ、ローカルは衰退するものだ、みたいな決めつけまであって。

ところが、出井さんもご存じだと思いますが、例えばヨーロッパに行くと、ローカル産業はとても元気ですよね。観光はまさにローカル産業ですが、それ以外でもピカッと光るいい会社がたくさんあります。

成熟した経済社会においては、地域に密着したローカル経済圏が光っていて元気がいいということが、とても大事なのです。もっといえば、成熟した経済社会では、実質的なＧＤＰ（国内総生産）は、グローバル産業ではなく、むしろローカル産業からより多く生まれ

みちのりホールディングスは、地方交通のデジタル化によって経営効率を高めようとしている

るようになる。

　ですから、ローカル軸の生産性を上げていくことが、日本がこの先もう一度、元気を取り戻す柱の一つだと思っています。

　実際にＩＧＰＩでも、東北地方のバス会社を再生させたり、南紀白浜空港の運営に携わったり、ローカル軸でもたくさん仕事をしてきました。この取り組みを通じて、伸びしろというか、〝改善しろ〟〝成長しろ〟がものすごくあることが把握できました。

　しかも、そうした改善や成長が、その地域社会を維持していくための重要な鍵になっていくということも。

　加えて、これはかつてソニーの社長時代に「デジタル・ドリーム・キッズ」というスローガンを打ち出された出井さんの領域になりますが、デジタルがこれからローカル経済圏のいろんな活動を変えていくし、その魅力度を増していく。まさにデジタル・ドリームを実現させるうえで、テクノロジーを活用できる段階にまできているんですよね。

ですから、これから伸びしろが最も大きく面白い分野で頑張ろう、と考えたわけです。ローカルの中堅中小企業に資本や人材を投入して、もともと持っている潜在力を思い切り引き出すことを事業としてやっていこう、と投資および経営する事業体としてＪＰｉＸを設立しました。

出井　そうですね、ヨーロッパは、ファミリー企業も多くあります。そして、そもそも東京一極のような国なんて、ヨーロッパにはないですよね。

冨山　開発途上国モデルですからね、一極集中というのは。

出井　日本がおかしいんですよ。

冨山　経済が成熟してからも、開発途上国モデルを引っ張っちゃったということでしょう。中央集権でみんなと同じことをやろうという。

ローカルは、直接グローバルにつながることができる

冨山　一極集中は開発途上では効率はいい。ですが、それを高度成長が終わってからも引っ張ってしまったせいで、今のようないびつな状況になってしまった。

出井　ドイツにしても、東京みたいな都会はありません。

冨山　首都のベルリンにしても、まったく違う街ですからね、東京とは。しかも、地方に行っても素敵な街がたくさんある。

出井　日本の地方都市は、みんな東京を見ているでしょう。そんな国はない。

冨山　ミニ東京とか、なんとか銀座とか、たくさんありますね。あれはやめてほしいですね。フランスにプロヴァンス・パリなんて、ないですから。

出井　日本の制度の問題でしょうね。

冨山　結局、明治以降の中央集権キャッチアップのモデルから脱却できていない。西洋文明をいったん東京に取り込んで、そこから地方もみんなで学んでいこう、という。おそらく江戸時代のほうが、バラバラでしたよね。

出井　藩には独自の文化がありました。

冨山　だから、江戸から離れたところで、明治政府を担う人材が生まれてきたわけです。当時の長州や薩摩なんて、今の感覚でいったら、日本から見た南米くらいの遠さですから。

出井　あんなふうに地方に元気になってほしいね。

冨山　地方を元気にすることは、日本全体の元気につながります。しかも、ローカルとグローバルが、まさにデジタルでつながる。東京を経由してのグローバルじゃなくて、ローカルが直接グローバルにつながることができる。

　我々がお手伝いしている南紀白浜だと熊野古道が近くにあるわけですが、熊野古道は日本人以上に、フランスの人に有名です。巡礼というのが、一つの観光スタイルになっているからです。

なので、そういう人たちが勝手にインターネットでホテルや旅館を探して、直接予約を入れてくれる。しかも、観光した人がいい経験をすると、あの辺りにすごく気の利いた宿がある、なんてことを旅行関連のクチコミサイトに書いてくれる。

それが、お忍びでやってきていた有名なインフルエンサーだったり、著名人だったりするわけですね。そうすると、それを見たお金持ちがバーッと予約を入れてきます。

だから、本当に世界が変わってきました。昔なら、大きなホテルチェーンに加盟したり、東京のホテルの傘下に入ったりしないと、直接の予約なんて難しかったわけですが、もうそんな必要はなくなりました。

出井　デジタルが変革の鍵になっているのですね。

冨山　明らかにローカルを変えていく後押しになります。ローカルは、むしろ中途半端に東京に追随しなくても、そのまま元気を出せるチャンスが広がる。これも、出井さん、ご存じだと思いますけど、ローカルの物産、例えばお酒なんかもこのようなアプローチを取っていますよね。

出井　そうですね。ローカルというのは、デジタルになってから、実はグローバルになっています。

冨山　だから、ローカルにデジタルやグローバルのセンスのある人が行くと、ものすごい活躍をする。まだ、ほとんど何もできていないのですから。

デジタルなんて別に変わったことじゃない

出井　沖縄のＩＴ戦略会議のメンバーになっています。今は東京大学よりもいい研究所が沖縄にあるでしょう。

冨山　沖縄科学技術大学院大学（ＯＩＳＴ）ですね。

出井　２０１９年にイギリスの学術誌「ネイチャー」を発行する会社が発表した「質の高い論文ランキングで」は、世界9位でした。12年に開校したばかりなのに。東大は40位、京都大学は60位。教員の6割、学生の8割が外国人です。

冨山　話題になっていますね。

出井　だから、あの周りにベンチャーをくっつけようと思っているんです。

冨山　それはいいですね。まだベンチャーはできていないですから。

出井　だから、今こそやるべきで、沖縄のＩＴ戦略会議でも発言しているところです。

冨山　放っておくと、おそらく日本以外の人たちがあそこにベンチャーコミュニティーを作ってしまいそうですね。

出井　そうなんですよ。地方の大学であっても、オンラインでつながれるのですから。

冨山　さっき出井さんが言われたように、ローカルはなんとなく東京のアヒルみたいだった。東京を見ています、東京に行ってお金をもらいます、みたいなモデルだった。

　そうではなくて、ローカルな企業やローカルな経済、産業が自らグローバルとつながっていくことが大事になる。であるならば、そういう発想を持ち、そういう能力を持った人がリーダーシップを取ることが鍵になります。

出井　人の問題は大きい。

冨山　それが圧倒的に大きいです。何かあるともう、条件反射的に霞が関に行って、補助金をもらいに行ってしまう。それは違うでしょう、と。

出井　デジタルなんて別に変わったことじゃないわけですよね。５Ｇなんてものが普通になれば、距離は本当に関係なくなる。ローカルだからと気にすることはまったくない。

冨山　もう遠い場所ではないのです。そして、おっしゃる通り、デジタルは普通のことだよ、という感覚の人がリーダーになるべきです。出井さんみたいな例外は別として、「デジタル？　えらいこっちゃ」と思っている人も少なからずいますので。

　デジタルは大変なことだと思ってしまうから、巨額のお金を払って、ＩＴコンサルタントを雇ってしまったりする。そうしないとデジタルにならないと思い込んでいる人がたくさんいる。

出井　それこそ、子どもたちに聞いたほうがいい場合も多い。

冨山　そうですよね。こんなのアプリでできちゃうよ、と。

出井　だから、世代の違いって、すごいんじゃないかと思う。

冨山　一部の例外を除くと、プレデジタルとポストデジタルに、ものすごくギャップがあります。ポストデジタル革命の世代、ＤＸ（デジタルトランスフォーメーション）世代にいろんな意味でリーダーシップを委ねていくことを加速したほうがいい。特にローカルこそ、ですね。

　インターネットやデジタルコンテンツに関わる分野で存在感を持ってきた１９７６年前後生まれのいわゆるナナロク世代だって、もう40歳を超えているわけです。けっこういい年ですよ。もう海外であれば、ＣＥＯをやっている世代ですからね。

出井　リーダーシップチェンジが欲しいですね。

冨山　地方だと、オーナーの次の世代は気が利いています。大学を出てしっかり勉強している人がリーダーになると、会社がガラッと変わって大化けするケースがたくさんあります。

地銀が大きく変わると、地方も変わる

出井　冨山さん、今度の会社はファンドではないのですね。株式会社にしている。

冨山　はい、あえて株式会社にしました。というのは、やはりローカル企業は、どうしても事業の時間軸が長い。10年おきのロールオーバーというのが基本的なファンドの仕組み

では、そのたびにアタフタしなければいけなくなります。あと、オーナー会社が多いので、ファンド相手に株式を売却すると、またどこかに転売されるかわからないというのが、どうしても不安感として強い。恒久的に保有できるようにしたかったので、株式会社にしました。

ベンチャー投資なら、ファンドモデルでもかまいません。ベンチャー投資は、長期保有ではありませんので。どちらが良い悪いということではなくて、我々は歴史のある会社を投資対象にしていますので。

出井　それはいい考えだと思います。

冨山　時間軸は、グローバルとローカルでは違いますよね。グローバルは比較的速いスピードでどんどん回っていきますが、ローカルは地域密着なので時間軸はちょっと長くなります。

だから、どちらかというと、パーマネントマネーのほうが相性はいい。恒久型の会社で立ち上げて、それでチャンスがあったらＩＰＯ（新規株式公開）をする。実はこれは、マネックス証券会長の松本大さんの受け売りですが（笑）。

出井　一つお聞きしたいのは、地方の金融についてです。地銀は課題がありますよね。

冨山　おっしゃる通りで、ローカル経済圏における要求や期待が高くなる一方で、地銀にできることという点でギャップが大きく開いてしまっているのは事実ですね。

出井　やはり、金融庁をなんとかしないといけない。

冨山　ローカルがグローバルにつながっていく中で、すんなりつながっていかないところがあるとすれば、金融ですよね。そもそもローカルでのキャピタリズムというのは、どちらかというと間接金融ベースです。いわゆる資本市場ベースの直接金融ではない。

　ローカルの場合は圧倒的に非上場の会社が多い。これは世界共通です。間接金融の中でキャピタル・リアロケーション、資本を見直していくという作業が発生すると、この部分は銀行が担い手になる。

　ただ、銀行は十分なキャピタル・リアロケーションの能力を持っていません。特に地銀はそうですね。

出井　地銀が大きく変わってくれると、地方も変わると思う。

冨山　地銀が借り入れなどのデッドだけでなく、株式発行で資金を調達するエクイティも扱える、人材のリアロケーションにも関われる。そんなお金と人の最適配分ができるようにしたいですよね。

　本来は、ファイナンシャル・キャピタルとヒューマン・キャピタルを、銀行は機能にしなければいけないのですが、不良債権の時代があって、いろんな規制をかけてしまった。

結局は、新しい血を入れていかないといけない

出井　企業を育てるような銀行に、変えてほしいですよね。

冨山　そうですね。そうなると当然、エクイティも扱わないといけなくなる。昔は、疑似エクイティもやっていました。日本の場合は、ずっとバンクガバナンス、銀行統治でやってきた歴史がありますので。

長期信用銀行なんて、まさにそうですよね。アメリカやヨーロッパであれば、完全にエクイティが出すべきお金を、長信銀が出してきた。間接金融が圧倒的な主役で、その中で出井さんが言われた、銀行も企業を育てる役割を担ってきたわけですよね。

ところが、バブル崩壊後、不良債権の問題が起きたときに、そういう事業から手を引きましょう、という流れが生まれてしまった。それを資本主義に置き換えましょう、と。

上場企業には、資本市場なり投資銀行なり、あるいはコンサルティングファームなりが対応します。しかし、地方にはそんな存在はまずありません。

出井　私も最近、福岡で地銀にベンチャーをやろうよ、と声をかけているんですよ。向こうもやる気ありますね。

冨山　福岡、立地もいいですものね。大陸から近いし。中国がややこしくなればなるほど、福岡の存在感は増します。自由が欲しい人が来る場所としては、とても近いですからね。

そういう意味でも、やはり地銀の存在は大きいですよね。今回、私が作った会社は、その地銀とコラボレーションするというモデルで立ち上げています。

出井　それは素晴らしいですね。

冨山　逆にいうと、先進的な地銀は、「欠けている組織能力をどう補うかについて、ちょっと気合を入れて勉強すればどうにかなるというものでもない」とわかっています。結局は、新しい血を入れていかないといけないのです。

出井　長く社外取締役を務めていたアクセンチュアも、地方都市でずいぶんと投資をやっていました。

冨山　人を出していますよね。それこそ、アクセンチュアを辞めて何かをやる、という人も現れてくるでしょうし。

出井　そうですね。

冨山　Jリーグでも、ゴールドマン・サックスやアクセンチュアの出身者が経営している会社、いっぱいありますよね。Jリーグのローカルチームです。元日本代表監督の岡田武史さんがオーナーを務めるFC今治もそうですね。

守りの経営が20年続くと、会社はそういう人ばかりになる

冨山　地銀は本来しかるべき能力を持って、ヨーロッパ型のユニバーサルバンキングになっていくべきでしょうね。エクイティもやる、いろんなことをやります、という形で。金融庁の規制緩和は、その方向で検討しているようです。ただ、問題は逆に銀行の側が、どこまでついていけるか、です。能力がないところがそこに手を出すと、悲劇が繰り返されてしまうので。

出井　北海道の失敗というのを、日本人はよく覚えていますから。

冨山　北海道拓殖銀行ですよね。石炭や従来の製造業モデルから、北海道をサービスやレジャーのエリアに転換しようと拓銀は頑張った。でも、バブル崩壊で全部アウトになって、大変な不良債権を作ってしまって、最後は破綻につながってしまった。

　この拓銀の破綻が、逆に振れてしまったんですよね。この後は、もう銀行は余計なことはしない、ということになってしまった。

出井　都市銀行の破綻でしたから。

冨山　金融庁も「そういうことはやるな」と、ガーッと舵を切りました。担保を取って安全資産を低利でもいいから貸すという、ものすごい守りの経営に、この20年は突き進んできました。

出井　萎縮しちゃったんだね。

冨山　そういう時代だったということですよね。ただ20年続くと、組織能力としては一世代となりますから、会社はそういう考え方する人ばかりになってしまうわけです。余計なことをやると偉くなれないし、怒られてしまうから。

出井　だから、タッグを組むわけですね。

冨山　基本的には我々はエクイティプレーヤーですので、我々の資本を使って会社に出資したり買収したりします。

　一方で、我々は地銀から出資を受けています。ですから、その地銀のエリアにおいては一緒に投資なり、出資なり、買収なりをやっていきます。投資対象企業には人の出向も受け入れてもらい、場合によっては経営者も入れ替えるし、地銀の人に関わってもらうこともあります。

　つまり、お金と人の再配分を先導的にやっていく、ということです。簡単な案件は今、地銀が自分たちでやっています。ただし、コスト・イノベーションだったり、バリューサイドイノベーションだったり、ＤＸだったり、相当きついコーポレート・トランスフォーメーションが求められる事案は我々が扱います。そこで地銀の皆さんと一緒に仕事して、我々から盗めるノウハウはどんどん盗んでもらってかまいません。

規制緩和があって、地銀でも未上場企業の株式取得、プライベート・エクイティのＧＰ（ゼネラル・パートナー＝無限責任組合員）をやれるようになりました。以前は、ＬＰ（リミテッド・パートナー＝有限責任組合員）はＯＫだけど、ＧＰはダメだった。今はＧＰができるようになったので、地銀自身でもこれまでにやっていなかったオルタナティブな投資が可能になります。

地域の中小零細案件は、現場にいる地銀のほうが効率は高いんです。地銀自身で、そうした組織能力を強化していけばいい。だから、人間でいえばホームドクターです。

ＪＰｉＸはどちらかというと、高度医療センターのモデルです。こんな感じで役割分担を作っていければいいな、と考えています。

出井　とてもいいと思います。

冨山　まさに出井さんが福岡でお声がけされているような地銀と仕事をしていきます。大事なことは、やる気ですよね。

出井　冨山さんとは協力する分野が大いに増えると思います。

冨山　ぜひぜひ。頼りにしております。

出井さんが20年前に言われたことが、みんなやっとわかった

冨山 「多くの地銀がこの20年で組織能力を弱めてきた」と言いましたが、出井さんにうかがいたいのは、組織能力を補って入れ替えるって大変だったのではないか、ということです。おそらくソニーも、昔はそうだったのではないでしょうか。

出井 その通りです。失敗の恐怖は、必ず残りますから。

冨山 ただ、グローバル軸の企業の中では、ソニーはもう、だいぶいいところまできましたね。

出井 そうですね。

冨山 出井さんが20年前に言われていたことが、みんなやっとわかった、みたいな感じだと思います。

出井 ソニーはまさに、人が入れ替わったんですよ、この20年間に。

冨山 たしかにそうですよね。

出井 若い人がずいぶん増えてきたので。

冨山 やっぱり、入れ替わるということが大事ですね。

出井 今の新入社員は、ソニーがエレクトロニクスの会社だ、モノづくりの会社だ、なんて思わなくなっているのではないでしょうか。

冨山　今はそういうつもりで入っている人は、ほとんどいないでしょうね。それこそ、アニメの『鬼滅の刃』をやりたいと思って入ってきていたりする。

出井　そうそう、おそらく。

冨山　ソニー、それから残念ながら亡くなられてしまいましたが、中西宏明さんがCEOを務めていた日立製作所。この2社が日本を代表する企業としては、これからのロールモデルだと思います。社外取締役を務めているパナソニックも遅ればせながら、ですが。

出井　そうですね。

冨山　出井さんにパナソニックに講演にも来ていただいて、頑張っていますけど。

出井　あまり本音で言えなかった(笑)。さすがに強力な競合でしたからね。ただ、昔だったら、ソニーにいた私に講演の声をかけるなんて思わなかったでしょう。

冨山　そうでしょうね。

出井　それはやっぱり、パナソニックが変化しようという意思の表れだと思います。

冨山　労働組合からの依頼ですよね。

出井　そうです。あそこは経営とも仲がいいんだよね。

冨山　基本的に労働組合から話がいくのは、パナソニックとしてお願いしていることと、ほぼ同義ですからね。

でも、ソニーと日立という2つのロールモデルがあるかないかで、日本のグローバル軸企業の変革の可能性は随分と違いますよ。パナソニックにとっても。

当時から「エンターテインメントも本業」と言っていた

冨山 ソニーの復活は、どう見ていますか。

出井 いや、時間がかかったよね。本当に苦労の連続だけれども。一つひとつやっていったことが、今頃になって良くなったのかな。まあ、苦労しましたよね。

冨山 今の言葉は、単に文章にしても伝わらないですね。なんとも言葉に実感がこもっています。

出井 人が入れ替わったというのは、変わったことを知って入社してくる人材が重要です。

冨山 出井さんは20年前に、今の会社の形なり今のありようをイメージされていたわけですよね。

出井 そうです。だから、エレクトロニクスだけではないということなのです。当時から「エンターテインメントも本業だよ」と言っていたんですけどね。

冨山 「それはけしからん」という人が多かったのかな。

出井 そうそう、けしからんっていうのが多かった。ハードウエアの会社は、「ほら、驚いたでしょう」という新しいモノを作って出すのが基本的な考え方なわけですね。

でも、そうじゃなくて、本当はユーザーの欲しいサービスを提供することです。そうすると、発想がまったく変わってくる。

冨山　出井さんの上の世代でいうと、盛田昭夫さんなんかは、そういうセンスが当然あったわけですよね。

出井　盛田さんは、東京通信工業からソニーという会社に名前を変えたときに、もうエレクトロニクスをつけていないんですよ。ソニー・コーポレーションですから。

冨山　たしかに、そうですね。

出井　だから、盛田さんは１９７０年代には生命保険という金融を始めて、80年代には音楽や映画などのエンターテインメントを買っていました。ソニーの未来のために、盛田さんは、そこまでしてくれていた。

　天才ですよね。でも、こういう天才のやることは、その後の始末が大変です。映画なんて、本当に苦労しましたから。

冨山　パナソニックは、映画会社を買収したけど、諦めて手放しちゃいましたからね。

出井　ロサンゼルスに行くと、今でも「オレの戦場だ」という気持ちになります。本当、大変でした。

冨山　出井さんの話をうかがっていると、見えてくることがありますね。今のグローバルな競争というのは、例えると野球をやっていたチームが、サッカーをやらないといけなくなったようなものだと思います。そのくらいの変化が世界で起きた。

そうすると、歴戦の野球のベテランでは、やっぱり難しいわけですよね。それよりも、サッカーをやると理解して入ってきた人が増えてこないといけない。

出井　音楽でいえば、音楽の本当のインダストリーがわからないといけない。

冨山　そうすると、日本の大企業は終身雇用で40年間、入れ替わらないという仕組みですから、これは限界があります。

出井　終身雇用で会社に一生を捧げてしまうシステムは、世の中が変化しているわけだから、もはや合わないんです。

冨山　グローバル空間では、絶対にダメですね。

出井　逆に終身雇用を変えられるかな。

冨山　でも変えられなかったら、グローバル産業はギブアップせざるを得ませんね。

変わるときには、ソニーショック的な現象が絶対に起こる

出井　これから自動車産業も苦労すると思う。

冨山　最近、私も関わりが増えていますが、全体としてはまだ昭和な感じです。昭和は良かったとの空気感が残っています。それこそ出井さんがすごく苦労された頃のソニーの、おそらく空気感と同じです。私の知る限り、トップはかなりの危機感を持っていますが、組織全体の空気としては、まだまだ他人事としての抽象論というべきか。

観念論的には、電動化になれば、パソコンやケータイに近い製品にどんどん変わっていってしまうわけです。部品も減る。すり合わせに価値がなくなる。内燃機関はいらなくなる。

テスラがやっているモデルというのは、アップルのモデルと同じです。基本的にはサイバー空間でお客さんをつかんで、その下にハードウエアがぶら下がっているというモデル。空中戦に地上戦がくっついたみたいなモデルですよね。

でも、日本の自動車産業は、とびきりの地上戦でやってきていますから。モノづくりから実際のサービスまで、スーパー地上戦です。

そういう立場からすれば、今この瞬間にメシが食えている、あるいは仕事をしている現実と、デジタル化や電動化のギャップが激しいのです。だから、評論家的には「おそらくデジタル化も電動化も大変なことだ」とみんな思っていますが、当事者としてはできるだけ「見たくない現実」を見るのは先延ばししたい。現実化するのは先にいってほしい、と考えている。

リーダーはわかっているわけですから、かつての出井さんと同じですよ。そして少なくとも、リーダーも同じ股裂きになっているんじゃないでしょうか。出井さんが社長時代、2003年の減収減益決算の発表後にソニーの株式がストップ安で暴落したソニーショック的な現象が、まだ顕在化していませんから。でも、どこかでドスンとくると思います。

出井　だから、変わるときにはやっぱり、ソニーショック的なことが絶対に起こるんですよ。すべて私のせいにされましたけど。

冨山　因果は逆ですけどね。でも、たまたまそのときにやっている人が怒られるんです。

出井　あれは、だけど、ひどかったですよ、本当に怒られるのは。

冨山　あのときは、出井さんがバッシングをされて、どちらかというと当時のパナソニックの社長、中村邦夫さんが評価されていました。

出井　そうでした。

冨山　だから、パナソニックは周回遅れのことをやっていたんです、実は。今はそういう歴史的評価に変わっています。

出井　でも、変化するには、あのくらいの崖っぷちを落っこちるような出来事でもなければ難しいと思う。

冨山　それは、その通りですね。日立だって、２００９年に７０００億円を超える巨額の最終赤字に転落して、潰れかかったときがあったわけですから。あんなことでもなければ、川村隆さんや中西さんのような人がトップになるようなことはなかった。

出井　そうですね。中西さんは亡くなって残念でした。

冨山　残念ですよね。でも、一番変わりそうにない会社でしたよね、日立って。よほど東芝のほうが、トランスフォーメーションする雰囲気を漂わせていたんですが。

出井　そうでしたね。やはり崖っぷちが大きかったからでしょう。

日本にNASDAQを作ってほしい

出井　グローバル産業は、グローバル専門の上場市場を作ってほしいと思っています。東京証券取引所が市場区分を見直して、プライム、スタンダード、グロースの３つに分けるようですけど、どうかと思う。

　それより、グローバルだったり、テクノロジーだったり、デジタルモデルだったり、専門企業ばかりが上場する市場にしてほしい。

冨山　プライム市場という区分も、なんだか微妙ですよね。

出井　売上高によっては、入れないんですよね。

冨山　古くて大きい会社の市場になってしまいそうです。それはちょっと違うだろう、という感じがしますね。

出井　もう全然、違う。

冨山　アメリカのＮＡＳＤＡＱみたいなものではないですよ。

出井　日本にＮＡＳＤＡＱがあってほしいと思っています。

冨山　区分は小さなところがグロース、ちょっと大きくなったらスタンダード、もっと大きくなったらプライムという感じが否めないですよね。もともとの１部、２部、マザーズと何が違うのか。

出井　日本にＮＡＳＤＡＱを作るの、冨山さん、やってください。元気が出るよ、みんな。

冨山　そうですよね。ＮＡＳＤＡＱの何がいいかって、ベンチャーから大きくなっても、みんなずっとＮＡＳＤＡＱにいるんですよ。どんなに巨大になっても。

出井　その通りです。

冨山　要するにアメリカは、やっていることの種別で分けたわけです。ＮＡＳＤＡＱは、テクノロジーの会社。だから最近、ＮＡＳＤＡＱとニューヨーク証券取引所の株価の上下が連動しなくなりましたよね。

出井　アメリカで起こっている動きは、特に金融の変化でしょう。

冨山　激しいですね。

出井　ＳＰＡＣ（特別買収目的会社）とかも現れました。

冨山　ＮＡＳＤＡＱ銘柄の金融会社も増えてきますよね。

出井　金融は日本の場合、金融庁があって、それから株式市場、東京証券取引所がある。これが全部つながっている。東証というのは、金融庁にコントロールされているわけで。

　これではダメなんですよ。これとは違った新しい市場が欲しい。

冨山　その脈絡でいえば、デジタル化が進むと、いわゆる主体規制的な業界定義も、意味がなくなってしまいますね。結局、金融行政は最初から銀行業という主体規制をやってきた。明治以来、そういう役所ですから。

　だから、規制は行為規制型にして、その主体を外していかないと、むしろ産業のデジタル的な進化を邪魔します。

出井　それこそ、政府はデジタル的なことを実現する巨大な予算をバーンと組んだらいい。この際、デジタル予算を作って、上場市場も作る。

冨山　そうですね。本来、デジタル庁のような話は、そう考えたほうが良かった。

インターネットで流すのに、規制はできませんから

冨山　日本の役所のデジタル化を見ていると、ハンコをなくすこともそうですが、昔のＩ

T化と発想が大差ありません。DXの本質が、なんとなくIT化の延長線上に矮小化されてしまっている。

出井　そうですね。

冨山　だから、本当は行政機関のあり方も、デジタル型にするのであれば、従来の省という単位の意味はないんですよね、あまり。

出井　総務省と経済産業省は、かなり領域がかぶっていますしね。

冨山　それぞれが業種を抱えていて、最後はその業種の権益を守ろうとしてしまうわけです。でも、新しいプレーヤーは、そんなものは関係ない。業種不明ですから。それこそ、アメリカの動画配信・制作会社のネットフリックスなんて、もう完全に業種不明です。総務省の管理下ではない。

出井　関係ないですよね。

冨山　電波をもらわず、インターネットで流しているだけなので。でも事実上、総務省が一生懸命に守ろうとしている領域が、どんどん侵食されるわけじゃないですか。前首相の息子の接待問題で大騒ぎになった会社がありましたけど、接待してどうするのだろうという感じですよね。電波なんて、放棄してしまえばいいのに。

電波を持っていても、おそらく電波認可をもらうために設備は持たないといけないし、さまざまな規制があるし、いろいろな指導があるだろうし。インターネットで自由に流してしまえば、はるかに少ない資本で済む。あの接待スキャンダルって、なんだか昭和の残り香がします。

出井　昭和ですね、まさに。こんな古い体制を維持しているのは、世界では日本だけでしょうね。

冨山　今、電波は世界的にはすべてオークションで売り払って、あとは勝手に使ってください、ということになっていますから。

　でも、監督官庁もつらいでしょうね。ルールが野球からサッカーに変わってしまうと、組織のレーゾンデートルがなくなりますから。インターネットで自由に流すのに、規制はできませんからね。それでも、みんな野球を守りたいと思うんですよ。

　真にあるべき規制というより、自分たちの組織能力でできる仕事を残したいと考えるのが、終身雇用であり、年功制ですから。出井さんのさっきの話に戻ってしまうと、役所って最も新陳代謝しない組織です。

役所は、もっと出入り自由で、開かれた空間になるべき

冨山　このままではまずいですね。まずいです。でも、金融やデジタルもそうですが、国として新しい施策を打ち出していくとき、実はキャリア官僚制度がものすごく足かせで邪魔をする存在になっています。

出井　確かに。

冨山　すごくできる人材はいますよ、こんなことに関係なく。例えば、『DXの思考法』（文藝春秋）を書いた元経済産業省の西山圭太さんは、その一人です。でも、こういう人材は逆に、いつ役人を辞めてもメシが食えると思っているから自由に振る舞える。こんな人材は、100人に1人もいない。

出井　冨山さんの同級生とか、そういう人材がたくさんいるのではないですか。

冨山　学校の同級生も、そこまでの人間はそんなにいません。あとは、やっぱりああいう組織に入って20年、30年と過ごすと、組織に適合してしまうんですよね。

やっぱり役所も、もっと出入り自由で、開かれた空間になっていかないといけない。

出井　キャリア、ノンキャリ、いろいろ固定されていますしね。

冨山　結局、入省したら40年、定年退官まで勤め上げる前提でやっているわけです。また、最近のキャリア官僚は、良くも悪くも将来有望な政治家と関係性を強めることが、出世で大事になっているので。今は内閣人事局が強くなっていますから。

どちらかというと秘書官タイプが、今は偉くなるんです。要するに、あまり自己主張を持たないほうがいい。政治家からすると、使いやすい部下がいいわけですから。

出井さんご自身もそうだったと思いますし、ソニーの中で今、本当に活躍している人もそうだと思いますけど、大きなことをする人は、必ずしも良き部下でない人ですよね。面倒くさい部下というか、自己主張のあるようなタイプ。

出井　まぁ、私がそうだったんでしょうね。

冨山　望まれる人材は、先輩から見ると「なんだ、こいつは?」というタイプになる。だからきっと、ソニーOBの皆さんは、出井さんのことをいろいろ攻撃していたのだと思います。

出井　もうすごかったです。なんでこんなやつが社長になったのか、とか。

グローバルベンチャー、メガベンチャーをどう作るか

出井　冨山さんはグローバル産業の処方箋はどう考えていますか。

冨山　2つあります。既存企業がトランスフォーメーションするという形と、出井さんが言われたように、新興企業がグローバルテクノロジーで勝負するという形。やっぱり後者がたくさん出てきて、大きくなっていくことが大事ですよね。

　既存企業のトランスフォーメーションは、もう頑張ってもらうしかないですよね。生き延びるために。ただ、自動車産業もそうですが、ソニーや日立というロールモデルがすでにあるわけです。そういう会社のトップが日本経済団体連合会会長に就く時代になりましたから、みんな覚醒して取り組むしかない。そのために、その動きを少しでも後押しする制度改革を実施する。大企業については、最後は会社自身の問題ですよね。

　政策的に考えなければいけないのは、グローバル軸の大型ベンチャー、メガベンチャー

をどう作るか、という話だと思います。これから間違いなくチャンスがあります。

大学や学会など〝知の生産〟に携わるところから出てくるベンチャー企業のレベルは上がってきています。東京大学の松尾豊教授の研究室まわりには一つのベンチャー創出生態系ができつつある。もっとこのムーブメントを大きくしてほしい。加えて、米中問題などがくすぶる中で、日本にいい人材が来る確率も高まってきている。もとより、このコロナ禍で、日本という場所に来なくても一緒に会社を運営できるのです。

特にソフトウエア系のテクノロジー分野では、同じ場所にいる必要はまったくありません。ベースは日本だけれども、中身はグローバルというベンチャーも増えてきています。若い人たちがやってくれていますね。

こういう会社が、NASDAQ的な市場で上場して、時価総額で数兆〜数十兆円をつける世界をつくっていくことが、とても大事だと思います。

出井　今はシンガポールに行く人もたくさんいますが、シンガポールは生活しにくいから。

冨山　日本はいいですよね。食事もお酒もおいしいし、人も優しいし、エンターテインメントもたくさんある。四季もあるし、美しい海や山もある。シンガポールは退屈ですよね。

出井　人工的な国だから。

冨山　ゴルフも暑いし。

出井　日本が〝環境のいいシンガポール〟になればいいわけだ。

冨山　自然やエンターテインメントも含めて、日本はやっぱりアジアでダントツに住むのに面白いところです。

出井　日本にいる親しい中国人に「どうしてコロナ禍なのに、中国人が日本にいるのか」と聞いたら、「いや、自分は中国人だと思っていない。日本が最高だから」と言っていた。

冨山　中華系の人は、あまり国に対する帰属意識がないんです。

出井　そうそう、「一番すごいのは、アメリカと日本だ」って口々に言う。

冨山　シチズンシップって、彼らにとってはまったく別ですよね。中国語をしゃべる民族であるということと、シチズンシップは別問題。日本人は島国で過ごしてきたので、それが同一化され過ぎているのかもしれません。

出井　国とか、企業とか、個人とか、そのあり方は時代でどんどん変わっていくんですよね。

冨山　それがデジタル化によって、どんどん加速しています。

昭和のヒエラルキー的な感覚は、若い人にはまったくない

冨山　あと、ポストデジタル時代の若い子たちは、確実に大きく感覚が変わってきていることに注目しています。それこそ、メジャーリーガーの大谷翔平くんは筆頭ですけど。
彼は若いときから、メジャーリーグの試合を生で観ています。だから、遠い夢の舞台で

はないわけです。私たちが子どものときでいえば、王や長嶋と同列でハンク・アーロンを見ていたようなものです。

子どもは正直ですから、こっちのほうがレベルは高い、と見抜きます。年俸も高いし。そうすると、ゴールは結局レベルが高いほうに設定する。自分に才能があると思ったら、子どものときから、そのつもりでやる。

これはヒエラルキーの問題ではありません。勉強も同じで、中学、高校で勉強ができれば、フラットな選択肢としてスタンフォード大学もある、ハーバード大学もある、東京大学も京都大学もある、ということになる。とりあえず、どっちがいいかな、という感じになるわけです。肩にまったく力を入れずに。

昭和の世界観って、ローカル、ナショナル、グローバルみたいなヒエラルキーがどうしてもあったでしょう。しょうがないからローカルにとどまる。ちょっと頑張った人はナショナルにいく。もっとすごい人はグローバルに出る。でも、そういう感覚は、若い人にはまったくない。フラットな平面の中で、どこを選ぶか、だけですよね。

出井 そうだと思います。AI企業で働く若い人たちのバックグラウンドはいろいろで、人種もさまざまです。日本企業でも、日本人がマイノリティーの場合もある。そういう感覚ですよね。

冨山 地球上に80億人近くいて、日本人は1億人くらいしかいないわけですから。いろんな国の人の力を借りたらいいし、そうすべきですよね。

出井 レノボでは、オーナーが私に電話をかけてきて、「あなたの経験してきたことが、これからのレノボに起こることだから」と言われたんですよ。ソニーの経験を、この会社に入れてほしい、と。それで社外取締役を10年間やりましたけど、本当にトランスフォーメーションの連続でした。

冨山 出井さん以外のメンバーは、どんな人たちでしたか。

出井 多様でしたね。半導体の人もいれば、金融、学術、ビジネスパーソン。業界ごとにいろんな人を見つけ出して、うまく構成していましたね。

冨山 戦略性を持ってやっているわけですね。

出井　半導体にしても、半導体で苦労した人がいれば、その経験は大きな価値になります。

冨山　その意味では、外部識者への支払いは安いものですね。でも、その感覚が、残念ながらなかなか日本企業にはないんです。

日本の大学は、みんな年次で給料を払っている

出井　私は中国の清華大学のアドバイザリーボードにも呼ばれているんですが、すごいと思うのは、本当に多様な人を招いている点です。ハーバード大学から来ている学術系の人もいるし、金融系の人もいる、それからビジネス系と、大きく3系統です。議長はアップルCEOのティム・クックが務めています。

冨山　そういうアドバイザリーボードは、日本の大学では成立しないですよね。ティム・クックみたいな人を連れてきても、「みんながついていけない」とかわけのわからないことを言うんですよ。そういう問題じゃないだろうと思いますが。

出井　それでいて、大学にいる人たちの給料をどうしようとか、いい人はいないかとか、悩んでいる様子を見ていると、驚かされる。だって、日本の大学って、みんな年次で給料を払っているでしょう。あれは、かわいそうですよ。やる気は出ないですよね。

冨山　結局みんな、わりと会社員なのです、普通に。

出井　そう、会社員。

冨山　日本の場合、助教くらいになったら、みんな正規雇用になります。ときどき、期限付き雇用で、地位が不安定で研究できない、なんて声が聞こえてくることがありますが。でも、そんなことを言ったら、アメリカの先生のほとんどはいつクビになるか、わからないですから。

出井　アメリカの先生って、だいたい自分でビジネスをやっているものね。

冨山　やっていますね。

出井　日本は禁じられているのかな。

冨山　みんな終身雇用で身分保障があるのだから、余計なことはするな、みたいな感じがあるのではないでしょうか。

出井　でも、それでは大学の先生は、あまりに狭いところで生きているよね。それは本当にかわいそうだと思う。給料も変わらないし。

冨山　そうですね。ＰｈＤ（博士）まで取得した知的インディペンデント・プロフェッショナル、という位置づけではないですよね。結局、ＰｈＤというのが、「株式会社大学」に会社員として勤めるための資格試験みたいになってしまっている。

出井　日本は、基礎研究を日立でもソニーでもやっているでしょう。それは、大学に委託してもいいのではないかな、アメリカみたいに。

冨山　そうですよね。アメリカで基礎研究を担っているのは大学ですものね、完全に。

出井　アメリカでは一般企業で基礎研究をやっているところはほとんどない。

冨山　医薬品なんて、基礎研究どころか、創薬もあまり自分でやっていないですから。どこかのベンチャーでできあがったら、パクッと取りに行くモデルです。ファイザーも、自社だけでやっているわけではなく、新型コロナウイルス感染症の収束に決定的な役割を果たしつつある同社のメッセンジャーＲＮＡワクチンも、創薬はトルコ移民によるドイツの会社で生まれていたりする。

出井　そうですよね。

冨山　日本でこういう議論をすると、出発点が出井さんや私のようなところの人と、昭和の出発点の人とでは、１８０度違うところがあります。ワクチンの話にしても、昭和の人が議論すると、すべて自前で開発して自前で生産しないといけない、みたいに始まってしまう。

　そんなこと、アメリカだってやってないのですから、ちょっと待ってくださいという感じです。ワクチンに関する国の議論に参加していて、よくわかりました。

デジタルネイティブ世代の新しい感覚が加速していく

出井　最後に、ポストコロナの日本のポテンシャルについて聞きたい。

冨山　一つ間違いないのは、デジタルネイティブ世代がナチュラルに感じていること、あるいは当たり前に思っていることが、確実に世の中の当たり前に変わりつつあるということです。

それは日本社会全体にとってはとても望ましいことで、逆に昭和にとって当たり前のことは、実はとんでもなかったりする。２０２１年の東京オリンピック・パラリンピックをめぐって、いろんなトラブルが起きたのは、その象徴でしょう。デジタルネイティブ世代の新しい感覚が加速していくことは、すごくいいことです。

ですから、政府のレベルでも、グローバル企業やローカル企業のレベルでも、この国のリーダーシップの世代交代が加速していけば、もっといい方向に進むと思います。

日本にはいいものがたくさんあるので、世代交代でそれが解き放たれることに大きな可能性を感じています。

この先、ＤＸの価値は、リアルでフィジカルなものが絡んで生まれるケースが増えてきます。この分野は日本の社会が得意としていたカイゼン、改良的な能力やオペレーショナル・エクセレンスが大事になってきます。

先ほど野球からサッカーにルールが変わる話をしましたが、こう考えると野球も必要ですが、ただ、サッカーができないと致命的となります。サッカー世代がリーダーシップを握ることによって、両方が生かされる可能性が出てくると考えています。

そこからひょっとすると、新しい時代の日本発のグローバルベンチャー、メガベンチャーも出てくると期待しています。

もう一つ、この国においてどうしてもクリアしなければいけないのは、新陳代謝に対して、すごく忌避的だということです。古いものが淘汰されて、市場から退いていくということに対して、異常なまでに嫌がるし、抵抗する。

ソニーは20年かけてここまできましたけど、例えばパナソニックには20年の猶予はもうありません。自動車産業もおそらく、産業的なトランスフォーメーションが始まれば、20年ないでしょう。ソニーが20年かけてやったことを、10年ないしは5年でやらなければいけない。そうなると当然、企業レベル、産業レベルで新陳代謝をしていかなければいけなくなります。

そうすると、潰れたり、買収されたりする企業も出てくる。それは、地方でも起きないといけない。それをやっていきながら、個々人の人生がどうちゃんと包摂され守られていくか。ドロップアウト的なことが起きないようにするか、というのが大きな課題です。

標準化・固定化されてしまう仕組みを壊していく

冨山 今、「多様性」「公平性」「包摂性」が重要だと言われています。日本の場合、最大の鍵は新陳代謝です。それが進まないと多様にならない。新陳代謝と包摂性を、どう社会のレベルで同期させられるような仕組みにしていくかが問われます。

政治は新陳代謝から逃げがちです。でも、もう会社にセーフティーネットのすべてを押しつける仕組みは機能しません。会社が雇用保障しろ、生涯保証しろ、という仕組みに寄りかかることを前提としたら、この先の議論はできなくなります。

出井　大きく見れば、「個」の時代に入っています。なんでもかんでも会社ではなくて、やはり、「個」がやることにならないといけない。そのために、さまざまな制度を変える必要も出てきます。

それこそ日本のスマホがダメだとよく言われますが、設計など細かいところまでＮＴＴが指示していたからです。だから、ガラケーから変えられなかった。制度が行き過ぎているのです。

ちなみに、ソニーはＮＴＴに採用されなくなることを覚悟で、「自分で設計します」と言いました。怒られたんですけどね。

冨山　パナソニックは、ＮＴＴが言う通りに最後までやっていたので、ｉＰｈｏｎｅやアンドロイド端末のように、キャリア共通ＯＳ（基本ソフト）を基盤にしたスマートフォンの時代となり、携帯電話事業はなくなってしまいました。

出井　だから、標準化・固定化されてしまうような仕組みは壊していかないといけない。その最大のものが金融だと思います。制度でガチガチに縛られている銀行を変えられるのか。

冨山　だから、ある種のルネサンスですよ。「個」を解放しないとダメですよね。でも、日本には「個」の多様性とカラフルさがもともとありました。歌舞伎を見ていると、よくわかります。

明治以降のキャッチアップ型の仕組みを作るときに、「個」を言い出すと効率が悪いので、教育も含めて押し殺してきてしまった。会社も「個」を押さえつけてきた。一方で、会社は官に押さえつけられてきた。

歌舞伎を見ていると、めちゃくちゃなキャラクターが出てくるわけです。でも、それでいい、と。それが本来の日本だったのですから。

それこそ、出井さんとか川村さん、中西さんなんて、ビジネスパーソンにとってはすごいロールモデルですよ。だって、現役を退いても「個」として活躍されているわけで。そういう人って、ほかにはオリックスの宮内義彦さんくらいかな。

こういうロールモデルが、どんどん増えたらいいなと思っています。

出井　冨山さん、ありがとうございました。

（2021年7月19日　オンラインにて）

第2章

土井香苗

［ヒューマン・ライツ・ウォッチ日本代表］

人権意識が社会の共感を集めて
閉塞感を打破し、世界秩序をもたらす

DOI Kanae

土井香苗（どい・かなえ）
ヒューマン・ライツ・ウォッチ日本代表。1975年、神奈川県生まれ。東京大学在学中の96年に司法試験合格。2000年～16年まで日本で弁護士として活動、難民支援や難民認定法改正などを訴える。06年、ニューヨーク大学ロースクール修士課程（国際法）修了、07年米国ニューヨーク州弁護士。08年9月から現職。著書に『巻き込む力すべての人の尊厳が守られる世界に向けて』（小学館）ほか多数。

弁護士を辞めてNGO、「気は確かか」と聞かれました

出井　土井さんは、もともとは弁護士でした。

土井　はい。普通の弁護士をやりつつ、いわゆるプロボノで難民や不法滞在で強制退去の対象となった外国人の子どもを弁護していました。アフリカで1年ほど、ボランティアをしていた時期もあります。

　難民は、国の危機、人道危機や人権危機から逃れてきた人たちです。こうした問題を解決する仕事に従事したいと思い、２００９年にヒューマン・ライツ・ウォッチの東京オフィスを立ち上げました。

　人権は世界的には確固たる地位を持っている価値観で、国連の3本柱の一つでもありますが、日本では馴染みがありませんでした。ヒューマン・ライツ・ウォッチも世界的には国際最大級の人権ＮＧＯ（非政府組織）なのですが、当時の日本では知る人もいませんでした。

　そんなときに、「やってみなさい。応援しますよ」と言ってくださった一人が、出井さんでした。それこそ、当時はどこの馬の骨かわからない、日本では怪しげにも思える団体を、出井さんが物心両面でご支援くださいました。

出井　マネックス証券会長の松本大さんの紹介でしたね。

土井　松本さんが、「自分がマネックスを始めるとき、本当にどうなるかさっぱりわからな

いのに、出井さんがやってみなよとサポートしてくださって、すべてが変わった」と言われていたんです。だから、相談してみるといいよ、と。

出井　ずっと松本さんとは、いろんな人をお互いに紹介し合ってきました。ヒューマン・ライツ・ウォッチのことは知りませんでしたが、ヨーロッパ住まいが長かったので、人権運動については理解していました。

だから、日本が遅れているという認識もあった。ソニーももともと、そういう問題意識を持って世界的に取り組んでいる会社でしたし。例えば、障がい者をいち早く雇用していましたから。

土井　ヒューマン・ライツ・ウォッチは、多くの日本のＮＧＯとは異なり、政府系の助成金を絶対に受けない団体です。そうなると、民間からのお金を集めないといけない。基本的には個人からの寄付です。

サポーターの方々に集まっていただく理事会のようなイベントを年４、５回開いています。出井さんにはそこにも参加いただいて。

出井　若い方のサポーターも多くなってきましたね。自分はもう最高齢じゃないかな。でも、もう10年以上になりますか。でも、周りは驚いたでしょう。

土井　弁護士を辞めてＮＧＯ、という選択は当時の日本では珍しかったので、「気は確かか」とよく聞かれました。私はこれがやりたかったので、迷いはなかったのですが。

世界で５００人ほどのスタッフがいますが、ニューヨーク本部のトップのケネス・ロスさんもともと大手弁護士事務所の弁護士で、やっぱり同じように言われたそうで、なんだか気が楽になって軽やかに転職しました。

出井　いろんな話をヒューマン・ライツ・ウォッチで聞けたのも大きい。年に一度、世界中の活動家がやってくるディナーパーティーがあって、初期の頃は前夜祭に我が家を開放していましたよね。女房や娘にも全面協力してもらって。

土井　その節はありがとうございました。前夜祭を開催する場所が、なかなか見つからなくて。

出井　レストランに行くよりはいいですね。入れ替わり立ち替わり、30人くらいだったかな。

土井　はい。みんなで情報交換して、翌日は世界から来た本当に筋金入りの活動家と私たちスタッフと、あと本当にサポートしてくださる方々で大きなチャリティー・ディナーパーティーを開かせていただいて。

出井　２０２０年からコロナ禍の影響でオンラインになりましたね。

自分が難民だった経験がある

出井　スタッフの方に「どうしてそんなにヒューマン・ライツ・ウォッチのことを気にかけ

るのか」と聞かれたことがあります。それは、自分が難民だった経験があるからです。

第二次世界大戦が終わったとき、中国・大連にいました。終戦直前にロシアが攻めてきて、その後はほぼ2年、難民生活でした。親父はロシアに連れていかれるかもしれないし、子どもは残れと言われるかもしれない。何も政府の保護がないところに2年間いたのです。それは子ども心にきつかった。

土井　大変な経験ですね。今、新型コロナウイルスで世界が混乱しているわけですが、昔のスペイン風邪を、私たちは歴史の教科書で読んでいたわけです。こんなすごい時代があったのか、と遠い昔話として。ところが、それが現実になってしまっている。

難民も同じで、今の日本は平和なので、自分が難民になるわけなんてない、と誰もが思っているし、私もそれが現実であってほしいと思いますが、その保証はどこにもありません。シリア人の知人は、アレッポに家族と住んでいました。２０１１年に「アラブの春」が始まって1年くらいしたとき、「アレッポは平和だから。あなたたちが騒ぎ過ぎだよ」と言っていたんです。ところが今やアレッポは廃墟みたいになってしまった。

こういうことって、本当にいつくるかわからない。私は過去、世界中の人を見ていて思っています。今はたまたまラッキーで、出井さんの経験が二度は起きていませんが、いつまでもないとは言い切れません。コロナ禍で、この思いをさらに強く感じています。

出井　弁護士資格を、大学在学中に取っていますよね。そんな人、私は数人しか知らない。

土井　大学3年生のとき、その年の最年少で合格をいただきました。高校時代、犬養道子さんがアフリカやアジアの難民キャンプを訪ねて書いたルポルタージュ『人間の大地』（中央公論社）を読んで衝撃を受けて、そこからまっしぐらでした。

出井　それで、難民に興味を持つようになって、弁護士から離れた。

土井　難民が生まれる原因として、第二次世界大戦までは国対国の争いでした。最近は、宗教がらみだったり、人種がらみだったりであるグループが徹底的に差別そして抑圧されて、それに怒って最終的に一部が武装抵抗し、それに政府などが武力で応えて泥沼になる、というパターンが増えています。

「難民を出さない世界をつくりたい」と

考えると、人権活動家になるしかないんですよね。人権問題を解決しようと外交官になるとか、国連職員になるとか、必ずしもＮＧＯである必要はありませんが、人権問題を解決しないと世界は平和にならないと思ったのです。

出井　能力をお金稼ぎに使わない人ですね。自分もとにかくお金を稼ぎたい、というタイプではなかったから、そこはまったく変に思わなかったですね。でも、新しいことを切り拓いていく楽しさがあるのではないですか。

土井　お金も儲かれば、よりいいのですが（笑）。お金の保証がないからといって辞める、とはならないですね。

出井　お金が大事だという人は、どんどんお金儲けのほうにいってしまう。でも結局、そういう人たちが寄付で始めた、ということだと思うんですよ。ヨーロッパに初めて行った昭和36年（１９６１年）なんて、「ホワイトオンリー」なんて書かれていて、家も借りられなかった。通う予定だった学校の力を借りて、やっと許可してもらったりね。外国に住んでわかるのは、日本人は本当に幸せだということです。

土井　本当にラッキーですよね。

日本人は、人権が大事だと思う機会がない

出井　ただ、かなり大変な仕事なんじゃないかと思いますが、どうですか。

土井　すべて楽しくやっていますので、大変だとは思わないですね。ただ、人権問題をやっていると、本当に苦労を強いられている人たちもいます。中国で人権弁護士だった知り合いは、捕まってしまいました。日本では、何を言っても捕まることはないですよね。

出井さんに話を聞いてもらったミャンマーの人は、元政治囚です。以前の軍事政権時代、「民主主義にすべきだ」と言って捕まった。そういう人たちと比べると、私なんて、ぬくぬく活動していると思えてしまいます。

日本の政府には力があるので、世界中で起きている数々の人権問題について「もっと発言してください」とお願いしていますが、なかなか聞いてもらえません。日本の政府において、人権のプライオリティーはすごく低いと感じます。

背景にあるのは、日本人の人権意識の低さです。出井さんの大連のような経験を、戦後はしていないので、人権が大事だと思ったり、自分の問題だと感じたりする機会がない。本当に平和ですよね。

ヨーロッパも平和な国は多いですが、日本よりは意識が高い。それは、自分の問題ではないとしても、みんなの問題、あるいは社会をよくするために大事なことだという教育や政府のメッセージがあるからです。

人権のＮＧＯをやっている中では、政府や国民の人権意識の低さが壁になっています。

出井　日本も、女性、ＬＧＢＴ（性的少数者）、障がい者など各論では盛り上がってきています。

土井　世界では20年以上前から、政府組織として人権委員会のような機関が立ち上がっています。人種、性的指向・性自認、性別にかかわらない平等など、どんな属性があっても一人ひとり平等に扱いましょう、能力で区別するのはいいけど属性で差別はダメだ、という法律もできています。でも、そうした法律を破る人がいっぱいいる。それを守らせるための機関です。

人権の役所として独立していて、政府の中に人権を司る独立機関があるイメージです。オンブズマンと言ったり、人権委員会と言ったりします。世界のほとんどの国にあるんですが、日本にはできなかった。

日本の政府に、人権を扱う役所は、一つもありません。世界からは、20年くらい遅れている印象です。法務省は20年前、総合的な平等法を作ろうとしましたが、国会で潰されてしまった。

それで、個別で法律を通すしかなくなった。女性差別や障がい者差別については法律もできました。今頑張っているのは、ＬＧＢＴの人たちの平等です。国会で大きなカンファレンスを開くなどして政治家に来てもらって、日本中が支持しているのだから法律を作りましょう、と提案しています。

シングルマザーの貧困率は、ＯＥＣＤで日本が最悪

土井　ＬＧＢＴがテーマのカンファレンスのときには、出井さんにも来ていただきました。ビジネス界の支援があればメジャー感が出て、政治家は取り組みやすいですから。活動家が要求していると、どうしてもマイナー感があって……。

出井　ソニーでは、アメリカの映画や音楽を通じてＬＧＢＴへの理解があり、会社としては進んでいました。そういえばこの間は、内閣府に頼まれて、子どもの貧困問題について話してきました。

土井　内閣府も出井さんに頼っているのですね（笑）。

出井　シングルマザーの貧困率は、ＯＥＣＤ（経済開発協力機構）加盟国の中で日本が最悪です。この事実が隠れていて、見えにくくなっている。隠しているのではないか、という話も出てきている。

　カンヌ国際映画祭で最高賞のパルム・ドールを獲得した映画『万引き家族』は、ソニーからフジテレビに行ったプロデューサーが制作しました。世界で賞をもらって、こう言われたそうです。「日本が隠しているものを、あなた方はよく映像にできたわね」と。

　日本は、こういう貧しさが本当に見えない。人権問題は、すごく遅れています。２０１９年、ベンチャーの経営者たちを連れて、東日本大震災の津波被害の現場と原子力発電所の

周辺を見に行きました。向こうで話をしてくれる人がいるじゃないですか。

土井　語り部、ですね。

出井　そう、語り部の人がこう言うのです。「オレはここで全財産を失った。東京の人は、どうしてあんなにのんきなんだ」と。昔から「湾のそばに家なんか建てるとひどい目に遭うぞ」とは言われていましたが、現地に行ってみると、津波の後が生々しく残っている。

原発も廃炉作業の建屋の近くまで行かせてもらいました。そこも、洋服の青山とかケーズデンキとか、大きな店がそのまま残って廃墟になっている。ああいう光景を見ると、怖くなりますよね。

土井　津波も原発事故も起こるはずがないとみんな思っていたけど、現実になってしまった。でも、平時にその危機感を持つのはすごく難しい。

出井　ただね、子どもの貧困は目の前で起きているのです。例えば、給食代が払えない。いろいろな会社の女性役員たちと食事の席を囲むと、子どもの貧困が話題になり、そのときの結論は「給食を無料にしなければいけない」です。基本、無料にすれば解決する。

土井　毎月４０００円とか、払いますね。

出井　それが払えないで、差別感を抱いて泣いている子がいるのですから、国が払ったほうがいい。「嘆願書を出そう」と彼女たちが言うので、「出せ出せ」と。

土井　給食は大事ですね。でも、アフリカとかの話じゃない。

出井　子どもの貧困とか、家庭内暴力とか、当事者はなかなか人に見せたくないんです。それが、子ども食堂のような場所では、はっきりと見えてしまうわけです。だから、給食は無料にしてしまったほうがいい。

土井　どこの社会でも同じですけど、被害を受けているのは子どもだったり、シングルマザーだったり、ＬＧＢＴだったりします。いずれにしても、声が大きい人たちではない。放っておくと、基本的には見えない問題になってしまう。

それを一生懸命アピールする立場がＮＧＯなどですが、日本のＮＧＯも非力でなかなか十分にできていない。

社内から執行役員になる女性が増えてきました

出井　世界では、この10年、20年で大きく人権問題が動いたけど、これはどうしてだろう。

土井　いい質問ですね。女性でいえば、この50年、１００年で間違いなくずっと前進してきました。もともと投票権すらなかったところから始まっていますので。とはいえ、この10年は世界的に「＃ＭｅＴｏｏ運動」というムーブメントもそうでしたが、怒りが爆発したような面があります。その後、人種差別に抗議する「＃ＢｌａｃｋＬｉｖｅｓＭａｔｔｅｒ運動」も起きました。

でも、日本では爆発まではしなかった。女性が声を上げることに対して、「何なの、あの人？」みたいな社会的同調圧力がまだ半端ない。伊藤詩織さんが「レイプされた」と裁判に訴えましたが、次はなかなか続かず、孤独に戦っている感じです。とんでもないプレッシャーを社会的に受けながら彼女は頑張っていて、本当に尊敬しますが、「そんなことできません」という人がほとんどです。

ＬＧＢＴも、これもまた過去30年くらいを見れば、レズビアンやゲイは精神疾患だ、というのが１９９０年くらいまでの日本を含む世界でした。病院に行きなさい、みたいな扱いから始まっている。

それでも徐々に良くなって、日本もこの10年ほどで大きな動きがあった。これは、若い世代が当事者だと声を出し、それに社会が共感してくれたからだと思っています。

私はその前からＬＧＢＴの人権問題に取り組んでいましたが、当時は「自分たちの声は絶対に誰にも聞いてもらえない」という空気で、大きな閉塞感がありました。でも、若い世代が出てきて変わった。

日本の女性の問題に関していえば、人口減少問題によって女性に活躍してほしい、という政府の声が大きいですね。前進があるとすれば、人権ではなくて、経済問題として捉えられて、前に進んだというのはあると思います。

実際は人権問題ですけど、経済面から見たほうが社会から受け入れられやすい。前進さえすれば、理由づけは人権でなくとも、経済でもいいと思います。女性の権利や女性の社会進出が拡大していることは、とてもいいことです。この動きを政府が後押しする時代になったというのは、女性にとってはとても良かったと思います。

出井　企業内でも、社内から執行役員になる女性がずいぶん増えてきましたね。それも、女性だからではなくて、能力があるから上げるという印象です。

逆に、「女性だから」なんて言っていること自体がおかしくなってきている。10年前とは比べものにならないくらい、企業も変わりました。

日本は男性と女性の区別をつけ過ぎです

出井　グローバル企業になれば、必ず女性進出は進んでいきます。２０１９年、北京に行ったとき、清華大学のアドバイザリーボードで外国人女性2人に「ソニーには、大変お世話になっています」と声をかけられました。名刺を見たら、アメリカのＧＭの社長とＩＢＭの社長なんです。

アメリカを代表する大企業ですよ。そのトップが、こんなに若い女性なのか、ということに、びっくりしてしまって。日本ではまだまだ考えられないですね、それこそ、トヨタ自動車や日立製作所の社長が女性になるようなもの。でも、グローバル企業はそこまでいっているのです。

土井　それこそ、もともと性別や年齢にまったくこだわらない出井さんみたいな人が、あ

と30人くらい日本にいれば、大きく変わったのではないでしょうか。日本では、本当に珍しい存在です。

出井　私には3人の姉がいて、私は末っ子でした。一番下で生き残るには、いろんなことを考えないといけなかった（笑）。親父が大学を辞めてスイスに行ったり、お袋が医者の娘で韓国に住んだことがあったり、グローバルな家庭環境で育ったということがあるかもしれません。

土井　それでも、出井さん的な方はあまりに少ない印象です。

出井　日本は男性と女性の区別をつけ過ぎなんですよ。女性と食事をしているだけで、なんか勘ぐられたりする。ウマの合う楽しい友達でも、です。実際、区別なんてする必要はありません。

土井　そういう発言ができる人、日本にはあまりいないですよ。

出井　日本でも、企業と人権については、ずいぶん変わりましたけどね。内閣府にスピーチを頼まれたとき、ソニーがどのくらい子どもたちに寄付しているか、調べて驚いたことがありました。金額はとても大きかったので。

グローバル企業ほど、人権意識をしっかりと持って、社会に貢献しています。アニュアルリポートの数字だけではなく、何に取り組んでいるか、内容を投資家などから問われます。残念ながら、こうした意識を持たない企業もまだありますが。

土井　この10年で大きく変わりましたね。10年前までは、ソニーのような本当の国際企業は別として、基本的には社会貢献といえば、環境問題はあっても、人権はありませんでした。

でも、ＳＤＧｓ（持続可能な開発目標）という言葉が広まったおかげもあり、社会問題、特に人権問題が会社の責任の一つとして認識されつつあります。ただ、日本の企業は、何をすればいいのかがわからない、というケースも少なくありません。

出井　欧米企業は進んでいますからね。

土井　やはり、日本はＮＧＯのような市民社会が弱い。私たちの突き上げ力も、この業界も小さい。お金もほとんど入ってきません。欧米だと、ＮＧＯの市民社会自体がとても大きい。

お金がないからプロになれない人がたくさんいる

出井　どうしてＮＧＯの市民社会が大きくならないのだろう。

土井　社会を良くする活動をしたいという人は、日本にもたくさんいます。そういう人たちはみんなボランティアでやっている。でも、ボランティアでやれることと、プロとしてやることとは、差があるじゃないですか。

　プロは、無給ではやれません。人材はいるけど、お金がないからプロになれない人がたくさんいると思います。お金が入ってこない。寄付文化がない。税制も、さらに改善してほしい。

出井　戦後は、成長、成長でやってきて、社会を良くする活動に取り組む時間がなかった。今は変わってきたとはいえ政治家の時代認識の遅れを強く感じます。もっと勉強してほしいですよね。

土井　日本は国会議員だけでも約７００人いて、時代についていっている人もいます。8割はそうだと思います。でも、時代に取り残された考えを持つ2割の人たちが大きな力を持っているという印象があります。その2割が反対したら、物事は前に進まない。

出井　デジタル庁を今ごろになって設立するなんて、何年遅れているんだ、って感じですよ。メディアも遅れている。言うべきことを言わない。ドイツの友人から連絡があって、

ヒューマン・ライツ・ウォッチは、ウェブサイトを通じて人権に関わる社会問題について発信している

「『ドイツになぜプラットフォーマーが生まれなかったのか』という本を書いたけど、出井も日本版を書け」と。

ドイツと日本はモノづくりの国という点で似ています。それでデジタル化に乗り遅れた。

土井　私としては、やっとできた新しい省庁が、デジタル庁なのか、という思いもありますけど。

出井　そういえば、インターネットが人権活動に与えた影響って、どうですか。

土井　普通にコミュニケーションしやすくなりました。ミャンマーで何が起きているのか、昔だったら通信社の記者に話を聞くしかありませんでした。でも、今は直接、現地の人に聞けますよね。

あるいは、どこかでデモが起きている

となれば、みんなパシャパシャ写真を撮って、「こんなにデモが弾圧されている」なんてことも伝わる。直接のコミュニケーションで、人権侵害を発見しやすくなった。

あと、民主主義の社会では、一人ひとりの声が大きくなれば、社会が変わるとされています。ネットの登場で簡単に発信ができるようになったので、社会を変えるファクターとして人が増えたというのは、大きなプラスだと思います。

出井　一方で、怖さもあります。中国から戻ってきたベンチャーの人は、「もうＳＮＳ（交流サイト）は絶対に使わない」と言っていた。叩かれるからです。懲りてしまった。

叩かれても読まなきゃいいとは思うけど、ネットがオープンになって、人権問題でも「個」の世界になったことは事実でしょうね。

土井　プラスマイナスがありますよね。先ほどはプラスの部分を話しましたけど、マイナスとして差別する側も声を持つようになりました。人権活動がネット上で叩かれてしまったり、嫌がらせを受けたりするケースが増えていますね。デジタル監視も段違いに進んでいます。

今や強権国家、独裁国家のほうが、民主主義国家よりも多い

土井　中国だと、インターネットに加えて、ＡＩ（人工知能）を含めた先端テクノロジー、さらにはバイオも含めて、あらゆる技術を総動員することで人間をコントロールしやすく

したという側面もあるんですよね。

出井　新しい人権問題ですね。

土井　強権国家、独裁国家では人間を管理しやすくなったと思います。

出井　実は、今は強権国家や独裁国家のほうが、民主主義国家よりも多い。

土井　中国は超大国の一つですが、人権でいえば問題は山積しています。ヒューマン・ライツ・ウォッチは中国では、ウェブサイトもブロックされています。本土には到底いられなくて、香港に中国をカバーするスタッフがいましたが、国家安全維持法が通ったことで亡命を強いられました。

中国では、政治的な自由がない。ウイグルで１００万人の人たちを収容しているという話があるように、半端ないスケールで民族的、宗教的な差別をしている。メディアや司法も、政府から独立していません。

環境などの問題が起きても、日本ならメディアが書きたてることで解決につながるケースもありますが、中国では報じられない。仕方がないので、デモで地方政府に押しかけていくということが中国全土で起きています。もちろん、デモに参加すれば逮捕されたりもするので、中国の人たちは八方ふさがりの状況です。

今は景気がいいので、みんないろんな不満はあるけど、我慢もできる。もし経済成長が止まったら、一党独裁の下では爆発するのではないか、とても不安です。

いわば窯の中で蒸気がモンモン出ている状況ですが、窯自体が大きくなっているので、なんとか爆発は免れているところです。不満のほうが大きくなったら、一気に爆発する。そうなったら、周辺国も巻き込まれます。中国の大混乱は、日本も絶対に避けたいシナリオです。

そうならないために、メディアを独立させ、司法を独立させ、いろんな問題を一つひとつ解決していったほうがいい。民主主義の良さというのは、まさにこれだと思います。

今の中国は、賢いリーダーがいて、すべてを自分で解決するしかないという考え方のようですが、そんなこと、絶対にできないですよね。

そういう草の根で問題を解決する段階に移っていかないといけない。それを日本政府も呼びかけてほしい。中国が、人権をまっとうに守る国家になることは、日本の国益につながると政治家にも働きかけていますが、なかなか……。

出井 中国は民族がたくさんいて、地方によって言葉も違って、お互い通じなかったりする。我々が思っている近代国家は、一つの国におおむね言語が一つでしょう。日本もそうです。そういう方向に中国も向かおうとしているとは思います。

インドの成長を日本人がどれだけ助けられるか

出井 中国に行っていると、若い人がいろんなことを教えてくれます。言い方はいろいろですけどね。賄賂を止めるのに必死になっていて、習近平が大会社に「調べに行くからきれいにしておけ」と命じているとか。

接待についても調べている。こんなに高いところで、高い酒を飲んでいるのはおかしい、とかね。面白かったのは、地方の役人の記者会見をネットで調べて、腕時計をすべてチェックした人がいるんです。そうすると、あの給料でロレックスが買えるのか、と。

自分自身についても、明らかにフェイスブックはチェックされているし、電話は聞かれていると思う。途中で発信できなくなったりしますから。ＮＨＫの海外放送が、中国に都合の悪い情報を流すときにはバチンと切れる。それが、普通に起こる。

それでも、中国とは付き合っていかないといけない。日本の最大の貿易相手は中国ですから。


土井　そうですね。お付き合いしないというわけにはいかない。だから、平和に繁栄し続けてもらいたいので、問題を隠すやり方に反対しているのです。それで生き延びるのではなく、問題を同時並行に解決するというやり方に変えてほしい。

メディアと司法が独立しないと、社会問題の解決がどうにもならない。現政権には嫌なことでしょうけど。日本だって、メディアが静かになれば政権はハッピーでしょうが、長い目で見れば日本にとって良くないことです。

陰に日向にみんなで問題を指摘し合って、手遅れになる前に変えることが必要だと思っています。

出井　日本の周りは、朝鮮半島と中国です。だから、アジアでどんなポジションを取るのか、が問われてきます。そこでポイントになるのは、インドの成長を日本人がどれだけ助けられるかだと、私は思っています。

　インドのベンチャーや投資家を応援していますが、日本人がインドに投資する重要性が理解されていない。企業は出ていっても、投資はしない。

　大きく見れば、中国に匹敵するのはインドです。これは数字が示している。どうしてインドを助けないのか。そして日本と中国、インドというアジアの3大国家として、いかにアジア人からリスペクトされるかを考えたほうがいい。

　経済成長よりも、アジアの国と仲良くしていく。経済もあるけど、人権問題についても、きちんとした場で学びたい、日本から学びたいという人がたくさんいると思う。ここでも、人権が大事になってきますよ。

土井　大きなピクチャーで見れば、インドは大事ですよね。インドと日本が協力して、世界のさまざまな問題を一緒に解決していくようになるといい。両国とも、まだまだ欧米に比べると人権に対する国民意識は高くないので、お互いに努力する。私の同僚もインドにいて、インドの政府を説得するのに苦労しています。

　両国が密にコミュニケーションして、世界に対する責任を一緒に果たすようにすれば、本当に素晴らしいですね。小さいけど経験のある日本と、荒削りでパワーを持つインドが組めば、いい結果を出してほしい。

中国中心の世界秩序を考えると、あまりに恐ろしい

出井　産業革命以降は、ヨーロッパとアメリカの世界でした。その前は、インドと中国の世界だった。16世紀を見ると、インドと中国が強いために、世界のＧＤＰの５割以上はアジアだったのです。

　産業革命が始まって、バーッとシェアが落ちていきましたが、今は徐々にアジアが伸びている。あと30年したら、世界のＧＤＰの約半分はアジアでしょう。そうすると、日本はアジアの中心にいる国の一つですから、すごくいい位置に立っています。

　一方で、アジアには難しさもある。宗教問題がそうです。イスラム人口が最も多いのがアジア。自由国家もあるけれど、強権国家も多い。国境問題もたくさん抱えている。中国も、インドもそうですね。

　だからこそ、日本にできることがあります。戦後できた国際機関は、どんどんダメになっていっている。ＩＭＦ（国際通貨基金）にしても、中央銀行の集まりですよね。デジタル通貨ができたら、どうするのでしょうか。

　日本はビットコインにしても、４年ほど前まで最先端を走っていたのに、金融庁が何も

決めないものだから、あっという間に先進国の中でビリになってしまった。

国際連合も終わっていると書かれた『戦後国際秩序の終わり』（千野境子著、連合出版）でもわかるように、日本が信じているような世界とは、どうやら、まったく違う世界になってしまっている。

土井　第二次世界大戦後の世界は、ホロコーストの反省から始まっています。ユダヤ人への差別や弾圧を「内政干渉しない」として放置した歴史への反省です。人種差別を含む、すべての人権問題は「各国が『内政干渉だ』として勝手にはねてはいけない。世界中の人たちの普遍的な価値であり、正当な関心事だ」という認識に至っています。しかし、中国は反対して、昔に戻ろうとしています。

人権という分野は、戦後に花開きました。それに対し、中国から大きなチャレンジを受けているのが現状です。人権が世界秩序でなくなってしまったら、また本当に恐ろしいことが起きかねない。独裁国家が勝手にいろんな人たちを弾圧しても世界が静観するとなったら、世界はものすごく不安定になる。でも、世界は刻々とそういう方向に進んでいる。

中国中心の世界秩序がどんなものになるのか、恐ろしいです。中国でも多くの勇気ある人々が中国のほかの人々の人権のために立ち上がり闘っていて、私は心底から尊敬しています。でも、徹底的に弾圧されている。日本政府には、そうした中国の内なる変化を起こそうとしている人々、中国でほかの中国人の人権を守ろうとしている〝人権の守り手たち〟を支援してほしい。欧米諸国のように、人権の守り手を、中国だけでなく、世界中で支援する日本になってほしいです。

アジアの歴史を学んでいる若い人たちがいない

出井　基本的に、日本はすごくリスペクトされています。国にしても、日本人としても。それを日本人が忘れちゃうと大変なことになる。例えば、台湾に行くと、どうして日本が大切にされているのか。新渡戸稲造をはじめ、その時代の人たちが、台湾の近代化で本当に素晴らしい取り組みをしたからです。
台湾を近代国家にしていったのは日本。戦争をはさんで、状況は大きく変わるわけですが、台湾はかつて日本が中央銀行として使っていたところを、今もそのまま中央銀行としています。銅像もあったり。日本に対するリスペクトは大きい。同じようなことは、韓国にも言えるんじゃないかと思う。

ところが、それをあまり日本人が意識していない。今、若い人たちにやらないといけないのは、教育を変えることです。とりわけ日本の江戸時代からの歴史に対する教育が、あまりにお粗末ですよ。全然、教えていないわけです。

アジアの歴史を学んでいる若い人たちがいない。そういう人たちが大人になって、どうなるのか。日本や日本人の価値を知らないんですよ。だから威張れ、ということではないです。日本がどういう国だったのか、ということを、近代化と一緒になって理解しておかないと。

こういうことをおざなりにしてきた戦後の教育方針。もう一度、元に戻って日本の近代化の歴史を学ぶ時間が必要なんじゃないかな、と思います。アジアは本当に大事だから。

ネガティブなこともあるけど、本当にリスペクトされているんですよ、日本は。それに気がつかないのか、知らないのか。

土井　世界中で日本はリスペクトされていて、驚くことが多いです。台湾では抜きんでてリスペクトされているんでしょうけど。世界で日本のことを悪く言う人は聞いたことがないですよね。

人権に関しては、全世界のレースに例えると、日本はトップ集団の一番後ろくらいにくっついている状況です。でも、その後ろのほうには、強権主義や独裁国家が半分くらい世界にはあるわけです。

トップランナーの一番後ろですけど、ビジネス面とか、いろんな面で総合的に見てみることで日本のバリューは決まっていますから、その意味ではすごくリスペクトされている。場所的にも、さっき出井さんが言われたように、本当に中国の隣、北朝鮮の隣で、待ったなし、ですよね。この辺りが不安定になったら、本当にダイレクトに日本に響いてくる。いつか本当に日本人が難民になってしまう日がこないとも限らない。でも、場所だけ見れば、そういうことが十分に起こり得る場所なのです。

そういうことも含めて、せっかくリスペクトされているポテンシャルにレバレッジをかけて、日本、日本人は世界の人のために力を発揮するべきだと思います。そして、それは自分にも跳ね返ってくる。

コロナ禍がきっかけで変革が起き、改革が進む可能性がある

土井　人権って、何かしたいけれど何をすればいいのか、と問われることがあります。国としてやらないといけないこともあるわけですが、一般の人たちも、ぜひ第一歩を踏み出してほしい。コロナ禍で難しいかもしれませんが、世界で困っている地域にボランティア

で行ってみる、というのも選択肢です。

日本は「閉じた国」と言われていますけど、ミャンマーのロヒンギャの難民もいますし、日系ブラジル人の集まりもあります。日本各地に外国につながる人たちの集住地域であれば、子どもの日本語学習支援というニーズは高いと思います。こういうコミュニティーを手伝って、どんなことが起きているのか聞いてみるところから始めてみてもいい。

出井さんは読書家ですが、人権に関わる本を読むことから始める方法もありますね。日本人として、世界のために何ができるのかな、というマインドセットにつながります。アメリカを歓迎している国もあれば、嫌う国もたくさんあります。その意味で、日本人はどこでも受け入れられるので、できることがたくさんあると思います。

出井　世界は変わっていっていますよね。人権を通じて、世の中の変化も見える。インターネットの時代になって、ビジネスモデルも変わっています。昔はトヨタ自動車やソニーはハードウエアを作っていれば良かった。でも、ハードウエアがいらない社会になっている。ソニーだって、ハードウエアの売り上げはもう35%くらいしかありません。だから、工場もいらない。

その意味では、無形的なものの資産が大きな価値を持つようになっています。日本やドイツは有形資産でやってきた。でも、これからは無形資産でどうやって国やビジネスや会社を作っていくか、ということにほかなりません。

危険なのは、無形資産の一つがデータだということです。中国は、データ分析がものすごく進んでしまった。パーソナルデータを、すべて集められますから。それに対して、日本はようやくハンコをやめたという動きが象徴しています。中国と真逆ですよ。昭和20年を今も過ごしている。

世界が変わる中で、日本は国そのものの再設計もしないといけない。では、どう変えるのか。東京の人口が減っているそうですが、地方に向かっているのであればいいことだと思う。みんな、意識してはいませんが、本能的に再設計しようとしているのです。

いっそのこと、廃藩置県で決まった今の県を昔の藩に戻したらいい。だって、仲の悪い藩がくっついて県になっているのですから。広島だって、長野だって。それは団結して新政府に文句を言わせないようにするためです。あと、政令都市も本当に必要なのか。もうガラガラポンで変えちゃえばいい。

今は日本をもう一度、見直すチャンスです。そのためには、過去の歴史と将来のビジョンを両方見ないといけない。

土井さんもコロナ禍で大変だと思うけど、頑張ってください。

土井　コロナ禍で大変なことも起きていますが、一方で社会に対する意識が高まりました。東日本大震災のときもそうでしたが、何か大きなことが起こると、自分ができることはないか、と考える日本人がたくさんいます。

今は世界中の人たちがそう思っていて、これが将来に向けた力になればいいな、と思っています。あとは、コロナ禍がきっかけで変革が起き、改革が進む可能性があることですね。社会のしわ寄せは、一番大変な人たちのところにいきますので。

出井　そうですね。土井さん、ありがとうございました。

（2020年11月17日
ヒューマン・ライツ・ウォッチ東京オフィスにて）

第3章

EXILE HIRO

［LDH JAPAN会長、LDH WORLDチーフ・クリエイティブ・オフィサー］

エンターテインメントの中心はアジアへ
経営的発想を持つアーティストを育てる

EXILE HIRO

EXILE HIRO（エグザイル ヒロ）
LDH JAPAN代表取締役会長、LDH WORLDチーフ・クリエイティブ・オフィサー、元EXILEメンバー。1969年、広島県生まれ、横浜市育ち。90年、ZOOのメンバーとしてデビュー。99年、J Soul Brothersを結成し、2001年にEXILEと改名して再始動。パフォーマー兼リーダーとしてEXILEを国民的グループに押し上げる。13年、パフォーマーを勇退。15年、文化庁長官表彰。現在、世界基準でのエンターテインメント創造に情熱を注いでいる。

1年で334公演を中止しました

出井　ＨＩＲＯさんはかつて、ご本人自身がアーティストで、ダンスを踊ってエンターテインメントをやりながら、会社もやっていたわけですよね。そういう人はなかなかいないじゃないですか。それで気になって、ＨＩＲＯさんが最初に書かれた書籍『Ｂボーイサラリーマン』（幻冬舎）を読んだんですよ。

私はソニーの社長時代、ソニー・ミュージックに所属していたマイケル・ジャクソンと親しくしていました。家に何度も電話がかかってきたり、ものすごく手間のかかる人でもありました。

一人でも大変なのに、自分も含めて集団でやっているって、どういうことだろう、面白いな、と本を読んで改めて思って、それで会わせてもらったんですよね。もう10年以上前になりますね。

ＨＩＲＯ　間を取り持っていただいた方から連絡をもらったときはびっくりしました。出井さんはソニーの元社長で、自分には偉大な方過ぎて……。当時は、「本当に僕ですか？」みたいな感じでした。でも、当時からすごく褒めてくださって、ライブにも来ていただくようになって。

その頃は、ＥＸＩＬＥはまだまだ売れていなかったので、とにかく多くの人たちに認めてもらいたくて、がむしゃらに活動していました。そんな駆け出しの頃の自分たちを、出井さんは本当に温かい目で見守ってくださいました。

そのときには、自分自身は経営者として物事を考えていく自覚がまだまだ足りていなかったので、いろいろなことを教えていただくと同時に、大きな自信にもなりましたね。すごい勇気とパワーをいただけた思い出がたくさんあります。

出井　エンターテインメント産業は、コロナ禍で今は大変でしょう。

ＨＩＲＯ　実は２０２０年にＬＤＨとして大きなターニングポイントになる『ＬＤＨ ＰＥＲＦＥＣＴ ＹＥＡＲ ２０２０』という今までで最も大きな興行を、１年を通して行うことを予定していました。ＬＤＨはライブなどの興行を中心に、エンターテインメントのスケールを広げていくスタイルで伸びてきた会社なので、２０２０年はさらなる飛躍を目指して大きな仕掛けをたくさん用意していました。

ところが、コロナ禍ですべての予定が変更になってしまい、１年で３３４公演のライブや舞台、イベントを中止しました。もちろん、エンターテインメントの世界は、どこの会社も大変だと思うのですが、ＬＤＨにとっても相当な大打撃でした。

今は、まずは事業を立て直すこと。あと、まだ52歳なので、自分が元気なうちに、というのも変ですが、今の体力や気力で未来を切り開いていける間に自分の居場所をどんどん後輩たちに譲りながら、自分は次のステージにいく準備をしている最中です。

本当にいろいろことが起きている世の中ですから、もっと出井さんにたくさん甘えて経営について教わっておけばよかったかな、と最近も振り返っていました。

同じ夢を追える人間たちの集まりになった

出井　ミリオンセラーを連発し、ＥＸＩＬＥだけじゃなくて、若いアーティストを次々に送り出し、会社として大きく成長させて、本当にすごい活躍ですよ。

ＨＩＲＯ　ＬＤＨとして、グローバルマーケットに対しての一つの転機は２０１７年でした。「ＬＤＨのエンターテインメントを世界に」という夢がありましたので、会社名をＬＤＨ ＪＡＰＡＮにして、ＬＤＨ ＵＳＡ、ＬＤＨ ＥＵＲＯＰＥ、ＬＤＨ ＡＳＩＡとグローバルマーケットを意識して、そこに向かってフィールドを広げていきました。

それまでも海外志向が強かったので、さまざまな準備はしてきていました。２０１７年からは組織や体制を変えて具体的に世界に向けて動き出し、２０１８年、２０１９年、２０２０年とある程度の成果が見えるようになったところで、コロナ禍がきてしまったんです。

思いとしては、日本はもちろん、アジアを中心に欧米にも自分たちのエンターテインメントを広げたいという気持ちでずっと準備してきたので、とても残念ではありました。でも、これからはコロナ禍で得た知識を生かして、ウィズコロナの精神でグローバルマーケットに再挑戦したいと思っています。

一方で、同じ夢を持つ仲間たちが集まったことで、LDHは年々、人との出会いで自然に事業が広がっています。飲食のLDH kitchenやアパレルのLDH apparelなどがあります。アパレルの社長は、もともとダンサーでした。EXILEや三代目J SOUL BROTHERSなどの衣装を手がけながら、自分のブランドを立ち上げました。また、EXILE TRIBEメンバーにもアパレルブランドを持つメンバーも出てきて、アーティストや本業以外での夢に向かって頑張れる環境も整ってきました。

あと、ダンス&ボーカル、アクトスクール「EXPG STUDIO」もあります。ダンス界への恩返しとして始めたのですが、継続することでさまざまな仕組みを構築できるようになりましたし、LDHのエンターテインメントを創造するうえで欠かせない存在になっていると感じています。EXILE、三代目に続く「Jr.EXILE世代」はほとんどがEXPG出身者ですし、この仕組みでしっかりと教育し、たくさんのスターを育成していきたいと思います。

いずれも、個々の才能を伸ばす事業であり、〝LDHスタイル〟として確立できている状況なので、これからも点と線にして、線をつなげて輪にし、その輪のスケールを広げていくイメージで、それぞれの事業やエンターテインメントを成長させていきたいと考えています。

エンターテインメントの事業化は、みんな苦労する

出井　まさにアーティストが、エンターテインメントをちゃんとビジネスにしたと思うんです。

ＨＩＲＯ　失敗も成功もすべて自分たちの経験が糧になり、ありとあらゆる知恵やすべを身につけていき、その積み重ねで自分たちなりのエンターテインメントのビジネスモデルを構築できたように思います。

出井　最初は「Ｃｈｏｏ　Ｃｈｏｏ　ＴＲＡＩＮ」を大ヒットさせたダンス・ボーカルユニットのＺＯＯというグループで活動して、２００３年にＬＤＨを設立しました。

ＨＩＲＯ　もともとダンサーでしたが、エンターテインメントの世界にいて自分の夢が広がっていく中で、年齢と経験とともに自分の思い描いた表現をかなえていきたいと、考え方も自然と変わっていきました。

　ただ、自分一人ではできないこともたくさんあり、自分がこの世界で生き残って夢をかなえていくためには、自分の分身のような仲間を集めて、アーティストとしてさまざまな表現をしたいというところに行き着き、Ｊ　Ｓｏｕｌ　ＢｒｏｔｈｅｒｓやＥＸＩＬＥにつながったのです。

出井　苦労したでしょうね。エンターテインメントって、みんな苦労するんですよ。ほか

の人もそうです。苦労する種類が違う。自分の才能と向き合わないといけないから。YOSHIKIとも親しいけど、HIROさんとは正反対かもしれませんね。

HIRO　YOSHIKIさんは芸術家ですよね。

出井　そうですね。

HIRO　あの方自体が才能の塊で、あの人はすべてできてしまうので。僕は人の力を借りながら、どうやって自分の思いを形にするか、というところで生きてきました。

出井　それでもアーティストが自分の会社を設立するのは、日本ではなかなかないでしょう。

HIRO　そうですね。もともと事務所に所属していましたが、いろいろな出来事が重なって独立することができ、わけもわからないままに始めました。

　初めはメンバー6人とマネジャー、そのマネジャーの奥さまが経理という小さな所帯で、ひたすら夢に向かって走ってきました。失敗もたくさんしたと思います。そんな失敗に気づかないくらい世間知らずで、怖いもの知らずでしたが（笑）。

出井　だから、ベンチャースピリッツにあふれているんですよ。

HIRO　実は、当初は経営という意識は自分の中にはありませんでした。夢を周りの人たちが支えてくれて、気づいたら経営者として見てもらえるようになり、自然と人が動いてくれるようになった。

だから自分と同じように、ＬＤＨに所属する子たちはアーティストではありながら、経営的な発想からさまざまなアイデアを創造できる子が自然に育ってきているのかな、と感じます。

ドームでライブを見ると、びっくりします

出井　目指している方向がはっきりしていたのですね。

ＨＩＲＯ　エイベックス会長の松浦勝人さんが高校の先輩で、ＥＸＩＬＥがデビューした後も自分のやりたいことを常に発信していたんです。そうしたら、「それは会社を作ったほうがいいんじゃないの」と。当時の松浦さんからアドバイスをもらえたことは本当にラッキーでした。だから、迷いなくやってみよう、と。

最初の社名は、「ＥＸＩＬＥ ＥＮＴＥＲＴＡＩＮＭＥＮＴでした。途中でモデル事務所をやっていた今の社長の森雅貴と副社長の森広貴という双子と仲良くなって、一緒に夢をかなえようと、ＬＤＨを立ち上げました。

それからは、もう本当に手探りでしたが、とにかくがむしゃらにやってきました。その頃はＥＸＩＬＥの一員として最前線で踊っていたので、どうやったらＥＸＩＬＥは多くの人に知ってもらえるのか……、全身全霊をかけていましたね。そういうタイミングで出井さんにお会いできて、本当にうれしかったです。

やり方はいろいろあったでしょうが、自分たちが信じていることは間違っていないという思いを強く持って、突き進んでいきました。

出井　エンターテインメントの世界で成功するのは、半端なく難しいんですよ。ソニー時代、たくさんのアーティストを見てきたけど、アーティストは自分が一番いいと思っているから。

HIRO　そうですね（笑）。

出井　踊っているHIROさんが会社を作ったのだけれども、ご自身と違う才能を集めようとしたからできたのだと思う。ドームでライブを見ると、びっくりしますからね。

HIRO　ライブにはすごくこだわりましたね。当初から、ファンを増やすためにはとりあえずライブに1回来てもらって、曲を知らない人でも絶対に好きになって帰ってもらおうと考えていました。

ですから、ライブには相当な情熱をかけていて、準備だけでも破格な金額を費やしていましたね。1回1回のライブが勝負だという気持ちでツアーを繰り返していくうちに、どんどんファンが増えてくれました。

テレビにはテレビなりの表現方法があるのと同様に、小さなライブ会場、ライブハウス、アリーナやドームなど、会場の大きさに合わせてそれぞれの見せ方があります。

ドームでは、圧倒的なスケールと壮大なテーマを掲げています。当初は、世界で評価を得ていたエンターテインメント『シルク・ドゥ・ソレイユ』のスケールをさらに大きくすることを目指していましたね。誰が見ても一発でエンターテインメントだと感じてもらえるライブ。「小さなお子さんから、おじいちゃんやおばあちゃんまで楽しめる」をテーマにしていました。

アジアを中心にグローバルに広げていきたい

出井　ライブにこだわるのは、当然ですよね。ＣＤでは、ダンスは見られませんからね。

ＨＩＲＯ　そうですね。ミュージックビデオもありますが、やっぱりライブに来てもらって、ＬＤＨのエンターテインメントを感じてほしいという気持ちが強いです。ＥＸＩＬＥ ＴＲＩＢＥファンの皆さんは、ライブを観て好きになったという人が多いので。テレビだと「ＥＸＩＬＥって、人数の多いグループだな」くらいにしか見られなかったりもしますが(笑)、ライブに来ていただくと、それだけの人数がいる意味を理解してもらえます。

ステージの端から端まで、徹底的にみんなで確認し、リハーサルも本番と同じ広さの会場を借りるぐらいこだわります。億単位の費用がかかりますが、同じセットを作らないと、スタッフさんやメンバーが初日から１００％の力を発揮できませんので。

細かく分けてリハーサルするのはもちろん、原寸大で何日もリハーサルを重ねます。これを「１分の１リハ」と呼んでいます。リハーサル中は毎日、反省会をして、少しずつ直し

圧倒的なスケール感で楽しめるドーム公演など、LDHのエンターテインメントの魅力はライブで発揮される

ていきます。

ＥＸＩＬＥや三代目が熱狂を生んだ秘訣は、そこまでこだわったライブにあると思っています。今はそれがスタンダードになってきているので、ハードルが高くなってきていますが、新たなインパクトを演出できるように集中していきたいと思っています。

出井　いや、本当に素晴らしいステージですよ。

ＨＩＲＯ　そう言っていただけるのが、本当にうれしいです。ＥＸＩＬＥ ＴＲＩＢＥ、ＬＤＨのスタイルというエンターテインメントが確立できました。

新人をスターに育てる仕組みと、ライブを通じて多くの人にＬＤＨのエンターテインメントを広げていく仕組み、この2つが今のＬＤＨの大きな柱です。

このＬＤＨスタイルのスケールをもっと大きくし、アジアを中心にグローバルに広げていきたいです。

出井　ダンスはＣＤでは見られないことに加え、いずれＣＤというメディアが衰退していくことを考えると、「ライブこそが本物」という視点はいい気づきでしたね。

ＨＩＲＯ　当時から、ＣＤがそろそろ売れなくなってきたという感覚はありました。アルバムを１００万枚以上売り上げてもいましたが、どんどん落ちていくと感じていたので、事業がライブ中心になることは確信していました。

出井　最初はレコードで、録音できるテープになって、それがコンパクトディスクに置き換わった。でも、デジタルになって、いずれ消えていくことは見えていましたからね。

HIRO　出井さんは、そうやってその世界での先が読めていたところがすごいです。

グループ内の年齢差の広がりが、幅広い客層につながる

出井　HIROさんは、アイデアマンですよね。ボーカルが脱退したらオーディションを開催したり、絶頂期のEXILEの人数を増やしたり。ファンがびっくりするようなことを仕掛けていったでしょう。

HIRO　20歳の頃からエンターテインメント業界にいて、生意気で、アーティストぶっているところがありました。若い頃は、相当、勘違いしていたタイプでしたね（笑）。だから、その恥ずかしい自分の経験だったり、自分の実力不足も強く感じたりして、いろいろ考えるようになりました。その過程で、本当の意味での格好良さにたくさん気づいていったように思います。

出井　しかも、違う方向で考えている。ダンススクールも、普通は思いつかないでしょう。

HIRO　昔、ダンスだけでは生活できないとき、ダンススクールでアルバイトをしていたというリアルな経験から出てきたアイデアです。

　EXILEの増員も、絶頂期なら反動はあっても耐えられる。当時のファンの皆さんには申し訳ない気持ちはありましたが、絶対にいつか理解してくれると思っていました。5

年、10年はグループの勢いが延びると思ったんです。ＥＸＩＬＥの現役メンバーは今14人で、初代のメンバーは1人もいませんが、20年たった今でもドームツアーができるのはこういう挑戦を繰り返してきたからだと思います。

出井　自分が作ったグループから、ＨＩＲＯさんは抜けちゃったしね。

ＨＩＲＯ　二代目Ｊ Ｓｏｕｌ Ｂｒｏｔｈｅｒｓが加入し、14人のメンバーでスタートしたＥＸＩＬＥ第三章のときから引き際の準備はずっとしていました。２０１１年3月11日の東日本大震災でいろいろ考えさせられることがあって、予定より引退する日が少し長引いてしまいましたが。

いつまでも輝き続けられるようにするにはどうすればいいかを考えていました。「ああでもない」「こうでもない」と悩みつつ、楽しみながらアイデアを出しています。そこから三代目が生まれて、Ｊｒ．ＥＸＩＬＥ世代が出てきて、と自然につながっていったという感じです。

出井　ライブで一番、驚いたのは、踊っている子どもたちのお母さんたちが来ていたことです。若い男性アーティストであれば、若い女性ファンというのが定番。発想がまるで違うと思いました。

ＨＩＲＯ　僕とかつてのボーカルだったＡＴＳＵＳＨＩとでは、年齢差が10歳以上あります。年齢差があって、上のメンバーが抜けて、新しく若い人が加入する流れを繰り返していくと、ファンの年齢層も広がっていきました。

同時に、曲の合間のトークは幅広い世代に向けてアピールすることを考えていました。幅広い世代の人たちに、ライブ中に「お前らー」みたいなあおり方はしたくないので（笑）。こういった面でも、一番端の席の人までも過ごしやすい雰囲気で熱狂を生む、ということをＥＸＩＬＥでは若いボーカルも含めてものすごく心がけていました。

当たり前だと思っていたことは、当たり前ではない

HIRO　ＬＤＨには、ＴＨＥ ＲＡＭＰＡＧＥという、若くて今最も勢いがあるグループがいます。アリーナツアーを経て、次がドームツアーを目標にしています。彼らには「ドームツアーが普通にできるようになるには、国民的に認められないとダメだよ」と伝えています。

若い子にチヤホヤされて格好つけているだけでは、すぐに淘汰されてしまう厳しい世界ですし、ドームでライブができたとしてもアーティストが勘違いしていたら継続できないと考えています。

こういうことは代々、先輩たちが背中で見せていると思います。集客力の大きい三代目Ｊ ＳＯＵＬ ＢＲＯＴＨＥＲＳも、メンバーが30代半ばになり、ファンの年齢層がさらに大きく広がっています。だから、三代目なりに全世代へ届くアプローチを心がけるように、

毎回進化しています。

ＥＸＩＬＥを見て三代目が学び、三代目の背中を見てＧＥＮＥＲＡＴＩＯＮＳが学び、ＧＥＮＥＲＡＴＩＯＮＳを見てＴＨＥ ＲＡＭＰＡＧＥも考える。先輩たちの存在がいい役割を果たしてくれていると思っています。

出井　こういう仕組みがあるエンターテインメントの会社は、あまりないでしょう。でも、コロナ禍がきてしまった。

ＨＩＲＯ　最初は、まさかこんなに長引くとは思いませんでした。すぐに収まるかな、と思っていましたが、一向に状況は改善しない。それで、ＬＤＨ独自の感染症対策専門家チームを作りまして、いろいろアドバイスを受けながらライブの可能性などを探っていました。

その専門家チームから２０２０年春の段階で、「夏にコロナ禍が終わるとか、見通しが甘いですよ」と指摘されました。それまで「リアルでライブができるのではないか」「いや、やっぱりダメだ」と右往左往していましたが、このタイミングでオンラインのライブに切り替える決断をしました。せっかく用意していた公演『ＬＤＨ ＰＥＲＦＥＣＴ ＹＥＡＲ ２０２０』も中止し、予定していたライブもオンラインにして、「みんな気持ちも切り替えて頑張っていきましょう」と呼びかけましたね。

出井　１年で３３４公演の中止ですか。

ＨＩＲＯ　悔しかったですね。２０２０年はＬＤＨとして大きなターニングポイントでしたので。長い時間をかけて準備し、投資もしていました。

興行を中心にビジネスにしていくのがＬＤＨのスタイルだったので、コロナ禍は本当に大打撃でした。当たり前だと思っていたことが、決して当たり前ではないと痛感しましたね。

実は、ゲームやアニメなどバーチャル・デジタル領域にＬＤＨのエンターテインメントを展開する準備もしていて。ただ、ちょっと間に合わなかった。その仕組みが完成する前に、コロナ禍がきてしまいました。それでも、向かっていた方向は間違っていなかったな、と……。

自分たちの王道であるエンターテインメントがダメになっても、伸びるエンターテインメント分野はあります。この分野にＬＤＨも進出しておかないと。これからも5年後、10年後に何が起きるかはわからないので、既存のＬＤＨのエンターテインメントを復活させながら、将来的に興行がダメになったときでも盛り上がるエンターテインメントをたくさん準備しておかなければと考えています。

韓国は、すべて国策で応援していた

出井　その意味では、コロナ禍は突然だったけど、いいタイミングできたのかもしれない。しっかり準備していた人にとっては、「もっと早くやろう」ということになったわけだから。

ＨＩＲＯ　学ぶことが本当に多かったです。新しいエンターテインメントも、スピード感が本当に大切だと改めて思いました。

　当たり前が全然当たり前ではないことは、東日本大震災でも感じましたが、まさかその10年後に、こんなことが起こるとは思いもよりませんでした。感染症は２００２年のＳＡＲＳ（重症急性呼吸器症候群）や２０１２年のＭＥＲＳ（中東呼吸器症候群）のときは遠いところの出来事だと思っていましたので、想像がつきませんでした。

　もしかすると、自分たちの後輩、若い世代や子どもの世代には、もっと大きな衝撃がくるかもしれない。大きな勉強になっています。

出井　もう一つ、日本が反省しないといけないのは、韓国に先をいかれてしまった。もちろん、韓国のエンターテインメントは、音楽しかり、映画しかり、国を挙げての取り組みだけど。

ＨＩＲＯ　韓国のＫ－ＰＯＰが世界を席巻するまでの歴史は、接点があったので間近で見ていました。

国や企業などが手を組み、国策として韓国のエンターテインメントを世界に発信していくやり方はうらやましい環境でしたし、いつかすごいことになると思っていました。特に、韓国のカルチャーフェスティバル『ＫＣＯＮ』のような仕組みが出てきたときには、あと数年で日本は完全に置いていかれてしまうと感じていましたね。日本は権利関係も厳しいですし、自分たちも何をやるにも手弁当で挑戦するような状況しかなかったので。

２００６年に『ＥＸＩＬＥ　ＡＳＩＡ』というアルバムを発表しましたが、同時にアジアの国を中心にＥＸＩＬＥ　ＡＳＩＡというグループも作りたかったのです。でも、そのときは早すぎました。当時は、向こうでビジネスになる仕組みが整っている国が少なすぎました。

出井　そうでしょうね。

ＨＩＲＯ　15年前、自分たちの力がまったく足りなかったときに、夢物語みたいなことを考えて、アジアに挑戦しようと準備をしていました。しかし、日本でも自分たちのアーティストとしての地位も安定していない状況で、海外で展開する余裕もなくなってしまい、結局、日本での活動が中心になりました。

もちろん、その結果があって、今の自分たちのあり方が確立されているので、良いことだったと思っています。同時に、当時の自分たちの夢物語や狙いは決して間違っていなかったんだと、今のＫ－ＰＯＰの活躍を見ると感じます。

韓国は、ＳＭ Ｅｎｔｅｒｔａｉｎｍｅｎｔや、韓国のアイドルスターだったヤン・ヒョンソクさんが会長を務めたＹＧ ＥＮＴＥＲＴＡＩＮＭＥＮＴが、日本の音楽市場に韓国の人気アーティストをたくさん送り出してきました。

ヤンさんは、同い年です。若い頃、当時のＺＯＯも含めて日本が大好きで、よく来日していました。その世代の方々は日本のいいところと、欧米のいいところをいち早く掛け合わせて、オリジナルの韓国のエンターテインメントを創造していきましたよね。本当に貪欲でクレバーだと感じていました。

そうした歴史の積み重ねで、韓国の総合エンターテインメント企業であるＢｉｇ ＨｉｔＥｎｔｅｒｔａｉｎｍｅｎｔ（現・ＨＹＢＥ）がＳＮＳ（交流サイト）を中心とするさまざまな戦略を駆使して、アーティストの才能と努力、ファンの皆さんのパワーなどを集結させ、そこから誕生したのがＢＴＳというスーパースターだったわけです。

20年以上前から、こういう韓国のエンターテインメントを目の当たりにしていました。

Ｋ－ＰＯＰの人たちは、日本が大好きです

出井　でも、今は逆にチャンスなんじゃないかな。

ＨＩＲＯ　そう思います。同じアジア人がグローバルマーケットですごい結果を出しているわけですから。Ｋ－ＰＯＰ関係者の皆さんは、日本のこと、日本のマーケット、日本のファンの皆さんが大好きだと思っていますし、お互いにいい影響を受け合いながら成長していけるとも思っています。

　ＬＤＨでは、韓国のコンテンツ専門投資ベンチャーキャピタルＴＧＣＫパートナーズと組み、日韓共同エンタテインメント事業を手がけるＨＩＡＮを２０２１

年に立ち上げました。韓国のエンターテインメント企業とは頻繁にコミュニケーションを取っており、一緒に世界に出る環境を以前から作っています。

今こそ、日本のエンターテインメントがさまざまなカルチャーをミックスさせて、日本のオリジナルスタイルで世界に出ていく最大のチャンスなのかな、と。

出井　そもそも日本にはマーケットがあったけど、韓国はマーケットがない。人口が少ないから。もともと見ているところが違っていた。

HIRO　何十年も前から、韓国のアーティストの皆さんは、英語も中国語も勉強し、日本語でも歌っている人が多かったんですよね。忙しさもそうですけど、プロ意識も半端じゃなかった印象があります。日本にも、もちろんプロ意識をもったアーティストはたくさんいますが、韓国のアーティストは当時からグローバルマーケットに進出するための明確なビジョンがあったように思います。

出井　アメリカのグラミー賞に韓国のグループがノミネートされたわけですから。

HIRO　それは、本当にすごいことですよね。韓国映画『パラサイト』もアカデミー賞を獲得しました。昔だったら考えられないような出来事が、現実として起きている。世界がアジアのエンターテインメント、そしてアジア人のZ世代のマーケットに注目しています。中心が移ってきていることを、いろいろな場面で感じています。

出井　今は、ビジネスでもアジアに中心が移ってきています。もう欧米の時代は終わって、アジアの時代になる。心配なのは、中国の動向です。

ＨＩＲＯ　ＬＤＨは中国でも自分たちのエンターテインメントを発信できるように、現地のパートナーを何年も探しましたが、なかなかうまくいきませんでした。何度も挑戦しては、戻ってくるという繰り返しでしたが、ここ数年でとても良いパートナーに出会うことができました。ＥＸＰＧ ＥＮＴＥＲＴＡＩＮＭＥＮＴという名称で、２０２１年９月から上海でダンススクールが動き出しました。

　ＥＸＩＬＥ ＡＫＩＲＡやＧＥＮＥＲＡＴＩＯＮＳの片寄涼太は、中国でも人気があるんですよ。ＥＸＰＧ ＥＮＴＥＲＴＡＩＮＭＥＮＴを発信基地にして、中国のエンターテインメント業界に向けて何ができるか、地に足をつけて文化交流を進めていきたいです。

出井　スクールから入るのですね。

ＨＩＲＯ　中国は、ものすごいダンスブームです。というか、アジア中がダンスブーム。ダンスって、音楽さえあれば、お金がなくてもいつでも誰でもできるじゃないですか。言語が通用しなくても、世界の共通言語と言いますか。そこが魅力ではやっているのだと思います。

　だから、自分たちもダンスを中心にアーティストやエンターテインメントだけでなく、ＬＤＨの仕組み自体を輸出できるように頑張っていきたいです。

今は時代の変わり目だから、アジアは面白い

出井　ダンスは、オリンピックでも公式種目になりますね。

ＨＩＲＯ　２０２４年のパリ五輪からブレイクダンスが採用されました。実は今、日本で始まったダンスのプロリーグ「Ｄ．ＬＥＡＧＵＥ」にも、自分たちが関わっています。「Ｄ．ＬＥＡＧＵＥ」とＬＤＨのエンターテインメントをうまく絡めながら、中国や東南アジアでも展開していくと大いに盛り上がる気がしています。「Ｄ．ＬＥＡＧＵＥ」だけでなく、アニメやゲーム、日本のカルチャーをＬＤＨのエンターテインメントとミックスして世界に発信していきたいです。

　でも、結果を出せないと、出井さんに「ダメじゃん」と言われてしまいますよね（笑）。ですから、いろいろ準備しておいて、本物の成果につながるように、具体的な結果を出せるように、コロナ禍が収束したタイミングで一気にさまざまな分野ですぐに動けるようにしておきたいです。

出井　アニメやゲームを始めるきっかけは？

ＨＩＲＯ　小さい頃から、ゲームや漫画、アニメなどが好きでした。まだ僕がＥＸＩＬＥでパフォーマンスしていた時代に出したアルバム『ＥＸＩＬＥ ＬＯＶＥ』で、メンバーをアニメキャラクターにして時代劇をモチーフにしたアニメーションムービー『エグザムラ

イ―序章―』を収録し、アニメや漫画の展開をしたほどです。
もっというと、アニメやゲームで世界へ進出する発想は、かなり昔から持っていました。しかし、先ほども述べたように、毎日を生き抜いていくのに精いっぱいでした（笑）。振り返ると、ＥＸＩＬＥの初期の頃からアニメを作る経験をしていたので、ずっと継続しておけばよかったな、と。それを繰り返していたら、誰よりも早くアニメやゲームの世界で新しいエンターテインメントを創造できたかもしれないですね。

当時は、お金をどう集めるのかさえ難しかったので、自分たちのやることは自分たちが稼いだお金でやるべきだ、という発想しかありませんでした。その頃に戻れたら、いろいろな人を巻き込んで資金調達し、一気に事業を拡大できたかもしれません。その意味で、出井さんに「これからどうすればいいですか」と、経営者として相談しておけばよかった。

出井　今は時代の変わり目で、アジアは面白いんですよ。

HIRO　２０１７年、ＬＤＨ ＪＡＰＡＮと名前を変える数年前からは、ＥＸＰＧがあったロサンゼルスやニューヨークによく行っていました。現地では、ＬＤＨの取締役でｍ－ｆｌｏのＶＥＲＢＡＬと一緒に行動していました。彼は、海外の大物アーティストやエンターテインメントに関わるビジネスパーソンの日本の窓口になってもらっているくらい、顔が広い。

僕自身は英語が話せないので、ＶＥＲＢＡＬを通じてのコミュニケーションでしたが、今までは絶対にアジア人のことを見向きもしなかった人たちが、アジア人やアジアのマーケットに興味を持ってくれる時代になったことを肌で感じました。これからのエンターテインメントのマーケットは絶対にアジアだな、と確信したんです。

万全の安全対策で開催した緊急事態宣言中のライブは褒められた

出井　これからはアジアそのものが、エンターテインメントの中心になりますよ。

HIRO　具体的にどうなるのか、昔は想像がつきませんでした。今となっては、K－POPの活躍をはじめ、東南アジアのZ世代がものすごく熱く、しかも、多くの国は平均年齢が若い。

　アジアのエンターテインメントを見ていると、素晴らしいアーティストが続々と出てきています。今の現場は、5～6年前に欧米のビジネスパーソンが言っていた通りになっている感じがしますね。

　自分たちもアジアを中心に、同じアジア人としてこれからのエンターテインメントを広げていきたい。親日の国も多いですし。

出井　どう攻めますか。

HIRO　中国は中国、韓国は韓国、東南アジアは東南アジア、それぞれの国に合わせて個別に考えています。韓国は、韓国のマーケットを取るよりも、一緒にグローバルに広げ

ていくエンターテインメントを作っていきたいですね。

　タイのバンコクは東南アジアのエンターテインメントの発信地になっていて、ここからインドネシアなどに広げていく。東南アジアといっても、国によって嗜好などが異なりますので、現地の文化に合わせていくことが大切だと思っています。

出井　インドネシアは人口が多いので、ビジネスチャンスも大きいね。ところで、これからのデジタルについては、どう考えていますか。

HIRO　オンラインライブを始めましたが、視聴者の絶対数を増やしておかないと長続きできないと、改めて感じましたね。2020年のオンラインライブは大成功でしたが、感染状況が少し改善したタイミングで、オンラインライブを継続しながらも、リアルライブが中心になるように戻しました。

見る人が多くなれば、オンラインライブは成立しやすいですよね。ＢＴＳぐらい見る人がいれば予算をかけてステージを作り込めますが、自分たちはまだマーケットが日本中心なので十分に視聴者数を広げ切れていないというのが、正直なところです。

コロナ禍が収束するまでにいろいろと準備を整えておき、収束と同時に、日本はもとより、一気にグローバルマーケットを広げていきたいと考えています。

２０２１年の年明け、緊急事態宣言が延長されたときには、ライブを中止にしようか、とても悩みました。しかし、1年間で本当にいろいろなことを学び、政府のルール上は開催しても問題なかったので、専門家チームの力を借りて、メンバーやスタッフ全員で力を合わせれば安全に開催できる自信はありました。

そこで、全公演における電子チケットでの発券、新型コロナウイルス接触確認アプリ「ＣＯＣＯＡ」設定の義務化、入場時の検温実施、ライブ中は拍手で応援していただき絶対に発声は禁止、換気や二酸化炭素の計測、入退場規制を徹底など、開催に当たってルールをしっかり決めました。実のところ、ライブは赤字です。でも、開催すれば、業界が動く。ファンの皆さんの心も動く。そして、働く人にお金が回っていきます。

赤字を理由に中止するとどんどん後退してしまうという危機感もあり、緊急事態宣言中ですが、思い切って開催しました。経済産業省の方々にも準備を見に来ていただき、「問題ないですね」と評価していただいたことには勇気をもらえました。

心配は、風評被害だけでしたが、実際にライブを開催したら、ファンの皆さんがしっかりとルールを守ってくださった。まったく問題が起きませんでした。

その様子がSNSで拡散されて、ファンの皆さんにも安心していただけましたし、逆に褒めていただけたんですよね。ライブ開催の発表で、「こんな時期に何をやっているのか」とメディアや世の中にお叱りを受けるかもしれないと思いきや、ファンに向けて正しくメッセージを送った公演が成功した。

だから、現在も、ライブでは「Save Your Neighbor」というテーマを掲げ、感染症対策をみんなでしっかりしよう、というメッセージを伝えています。

そうであれば、赤字であってもやる意味があります。もっといえば、エンターテインメントを通じて若い子たちにマスクの着用など感染対策の重要性を発信していくことは有意義な取り組みです。

「これであれば国の役に立てる」と改めてライブを開催して思いましたし、ファンの皆さんのありがたみも感じました。エンターテインメントはこんなところでも使えると、日本政府にも知っていただく機会になったと思います。

もちろん自分たちだけではなくて、アーティストがしっかりとメッセージを発信すれば、影響力は大きいし、安全に楽しめるわけです。開催が難しくても、手を尽くせば実現できる。このことを痛感した年初めのドーム公演でした。

欧米式と韓国式のハイブリッドで、新しい日本式を作りたい

出井　これからは、「個」が目立ってくる時代になってくると思っています。そのためのツールがデジタルでいろいろ出てきている。ただ、日本のエンターテインメントの世界は、事務所の経営者など年配者が多い。それがちょっと心配ですよね。

HIRO　これまでの日本の良さもあると思いますが、やはり時代に合わせてもっと進化していかないと世界から置いていかれてしまいますよね。

欧米式は個人中心で、事務所に頼らずエージェントや弁護士を雇って、SNSを駆使してビジネスにしているアーティストがほとんどですよね。また、韓国式では日本のファンクラブのような組織があるし、事務所に所属しているアーティストがほとんどです。

欧米式と日本式のいいところをすべてハイブリッドしたのが、韓国式のようなイメージです。もちろん、欧米でも韓国でも、すべてがそういうやり方というわけではないと思いますが、自分たちはさらに欧米式と韓国式をハイブリッドさせて、そこに日本の仕組みも残していくという、新しいファンビジネスを作っていきたいと思っています。

出井　アジアで通用する、日本のスタイルを作ってほしいね。

ＨＩＲＯ　作りたいですね。まずは今までのスタイルをコロナ禍の状況でもウィズコロナのテーマで完全復活させることが最優先です。同時に、アジアにマーケットを広げていくこともおろそかにできません。

　あとは、バーチャル・デジタル領域です。自分たちの強みである興行とはまた別の領域で、伸ばしていけるエンターテインメントを育てていく。

　また、ＥＸＩＬＥも２０２１年9月27日で20周年を迎えるとあって、ファンの方々が多様化しています。親子3世代で、「孫がＴＨＥ　ＲＡＭＰＡＧＥのファン」「お父さんが三代目のファン」「おばあちゃんがＥＸＩＬＥのファン」なんて声がよく聞こえてきます。

　これまでも、社会貢献として子どもを対象に「Ｄｒｅａｍｓ　ｆｏｒ　Ｃｈｉｌｄｒｅｎ」というテーマを掲げて、ストリートダンスコンテスト「ＤＡＮＣＥ　ＣＵＰ」やフットサル大会「ＥＸＩＬＥ　ＣＵＰ」を開催していました。優勝者は、ダンスだったらニューヨークに留学できたり、サッカーであればヨーロッパ留学できたり。

　これからはもっと、子どもたちが夢を持てるエンターテインメントビジネスも考えないといけないと思い、クリエイティブディレクターの佐藤可士和さんにも協力していただき、「ＫＩＤＳ　Ｂ　ＨＡＰＰＹ」というキッズプロジェクトを中心に、たくさんのキッズ向けエンターテインメントを創造しています。

出井　いよいよ「デジタル・ドリーム・キッズ」の時代だね。私がソニーで掲げていたビジ

ヨンです。

HIRO　そうだったのですね。キッズの可能性、キッズに向けたエンターテインメントは、6歳と2歳の自分の子どもから学ぶことが多いです。それこそ、『アンパンマン』とか、子どもは釘付けですよね。

また、『プリキュア』や『仮面ライダー』のすごさも改めて学んでいます（笑）。自分が子どもの頃とは違った目線で、親の気持ちになると見えてくるものがあります。

世の中の子どもたちが元気になって、親も元気になる楽しいエンターテインメントとして、ビジネスが成り立つ。この分野を確立していきたいです。

出井　いいですね。永遠にキッズの心を持ってほしい。

昔は考えられないようなことを、今はやってしまう

出井「アーティストが会社を作っている」と聞いて、びっくりしてお会いした。その頃は小さな会社だったけど、今では幅広く事業を展開するに至っている。でも、私は想像していたんですよ、このくらいはやっていく人だろう、と。

HIRO　ありがとうございます。ご連絡をいただいたときの驚きは今も覚えています。

出井　会社には若いアーティストもいますし、ファンも若い人も多い。ＨＩＲＯさんは今の若い人たちをどう見ていますか。

HIRO　まじめで、いい子が多いイメージがありますね。時代的に、あまりはっちゃけられないのかな。

出井　そうなんですよ。

HIRO　ただ、次世代で才能がある子は、突き抜けています。自分らの世界でいうと、あんなに難しいダンスをこんな簡単に緊張もしないでサラッとこなしてしまうのか、という感じです。日本にもへっちゃらで世界と渡り合えるスポーツ選手がたくさんいる時代になりましたし、世界で通用するダンサーもたくさんいます。昔では考えられないようなことを、やってのけてしまう。そんなアーティストや表現者が日本から出てくることも近い将

来に必ずくるのかな、と……。

出井　若い人にはあまり詳しくないけれど、インターネットを見ている限りでは、「こういうことを言えば支持される」という意識の強さを感じますね。ちょっと大人しい印象かな。

HIRO　親を大切にしている子も多いのかなと、リアルに感じますね。あと、実は日本もそうですが、アジアの若者たちは、社会を良くすることにすごく情熱的なイメージがあります。

出井　それはありますね。

HIRO　これは学ばないといけないな、と思います。自分たちが若い頃は、どうやって遊ぶか、どうやって成り上がるか、みたいなことしか考えていませんでしたから（笑）。

出井　ＨＩＲＯさんは、日本という国のポテンシャルをどう見ていますか。

HIRO　自分がめぐり合う各分野のスペシャリストは本当に素晴らしい人たちだらけです。何かきっかけがあれば、一気に世界にいける人たちばかり。

必然的に世界に目を向けないと置いていかれてしまうので、これからは何事も世界基準で考えていく世の中になりそうです。日本もそうなったときには、ポテンシャルは高いのかな、と。でも、もしかすると、国がどうとか、そういう感覚がどんどん薄れていくというか、ボーダーレスな時代になってくるのかもしれないですけど。

あと、日本の強さを実感するのは、素晴らしい伝統があることです。独自の芸能文化もある。それをうまく取り入れながら、アニメやゲーム、ファッション、音楽などで日本のエンターテインメントのオリジナリティーを出していくと強いと思います。

すべての良いところを取り入れながらＬＤＨのエンターテインメントを創造して世界に発信していけば、必ず世界に通用するぐらいのポテンシャルがあると思っています。

マネジメントができる女性を育ててほしい

出井　女性の経営者を育ててほしいんですよ、マネジメントができる女性。それで、女性版のＬＤＨをもっと見てみたい。

HIRO　自己プロデュースに長けている女性はたくさんいますよね。これからもどんどん周りを巻き込める女性が現れるといいと思いますし、とても楽しみです。

確かに、ＥＸＩＬＥ ＴＲＩＢＥのような仕組みを女性でも作れたら、本当に新しい感覚でＬＤＨが輝いてくれますよね。

出井　探せばいますよ、きっと。

HIRO　いますよね。そういう役目をやってくれていた女性グループのリーダーはいましたが、僕の力不足で、なかなか仕組みを構築するまでには至らなかったんです。

ただ、次の世代からは変わっていくと思っています。ＥＸＰＧで育った子たちが、だいたい20代半ば。「将来はプロデュース業に進みたい」「人を育てていきたい」という声が聞

こえてきていますので、あと5～6年もすれば、ＬＤＨにもアーティスト出身のマネジメントできる女性が現れると思います

おそらく、始まりが男の子たちばかり集まってしまったので、今のＬＤＨはＥＸＩＬＥ ＴＲＩＢＥの仕組みが先にいっているんです。出井さんの一言で改めて視野を広げていきたいと、勉強になりました。

出井　日本の子たちが韓国に行ってしまう時代ですからね。

ＨＩＲＯ　今の東南アジアは、はやりがＫ－ＰＯＰ中心ですから。Ｊ－ＰＯＰは正直残念な状況みたいです。それこそ安全・安心は日本、クールでカッコイイのが韓国、みたいになっているようですね。

ただ、東京に憧れる人はとても多いんです。Ｊｒ．ＥＸＩＬＥのアニメとアーティストを融合して「ＢＡＴＴＬＥ ＯＦ ＴＯＫＹＯ」というプロジェクトをやっていますが、ＴＯＫＹＯというキーワードは、世界中でＪＡＰＡＮとは別の響きがあるみたいです。

欧米でも、Ｊ－ＰＯＰとＴＯＫＹＯは違うというイメージがありますね。アジアの現場にいる若い子たちにリサーチをしても、そうらしいです。

ただ、おもむろにＴＯＫＹＯをアピールするのではなく、東京風。東京風イコール日本風。そんなふうにうまく打ち出してブランディングし、日本全体のエンターテインメントをプロモーションしたりして攻めていこうと考えています。

出井　日本のエンターテインメントも上向いていますから、これからチャンスが出てきますよ。

HIRO　はい、コロナ禍でへこんでいる場合ではないです。

出井　期待しています。ありがとうございました。

（2021年7月6日　LDH本社にて）

COLUMN

世界のトップ経営者が、私に語ったこと

長いビジネス人生の中で、世界的に名を知られた経営者とコミュニケーションを交わす機会を私は数多く得た。まさに「個」のイノベーターを体現していた企業トップは、どんな人物だったか、何を語ったか、エピソードを交えながら紹介していこう。

スティーブ・ジョブズ（アップル創業者）

ソニーにとって、創業期のアップルはフロッピーディスクの大切な顧客だった。ジョブズが、ソニーのファンだということも聞いていた。ところが、深刻な販売不振に陥り、社外役員が強かったアップルで、創業メンバーだった彼は結局、追い出されてしまう。

その後、アップルに呼び戻されて復帰することになった。そのとき、私は社長になっており、「ラスベガスで会おう」と声をかけ、「今、自分が大事にしているものは何か」をお互いに話し合った。

アップルはその頃、マイクロソフトとの競争が厳しい状況で、業績はあまりよくなかった。私は冗談で「お前のところはいくらだ？　じゃあ、買おうかな」などやり取りしたのを

覚えている。

アップルとソニーには類似点がある。それは、映画のＣＧ（コンピューター・グラフィック）アニメーションを制作するスタジオを持っていたこと。ゴルフのソニーオープンのときに、秘密裏にハワイに2度、呼んだことがある。ゴルフという名目にしておけば、目立たないからである。

デジタルの初期だった当時のソニーは、世界の先端を走っていた。世界のデジタル50社で15位くらいに選ばれたこともある。プラットフォーマーが現れるまでは、ソニーは頑張っていたのである。

ジョブズは、日本にも何度か来たことがある。その都度、ミーティングをした。「アップルとソニーを合併させて、出井さんが会長になって自分がＣＥＯをやるというのはどうか」という話を持ち出されたこともあった。

アップルは特殊な会社。製品の数も少ない。デジタル化によってハードは少なくなると見通していたのと、ソニーのようなコングロマリットの大きな会社のグローバルな舵取りは難しいと判断して、合併話は断った。

スティーブ・ジョブズは、「ソニーをリスペクトしていた」（出井）：AFP＝時事

アメリカのカリフォルニア州パロアルトにあった彼の自宅にお邪魔したこともある。もっと大きな家に住んでいるのかと思ったら、意外にこぢんまりしていた。周囲には大きな家が多いので、車で向かったのだが、気づかず通り過ぎてしまった。
家の中には、音響やビデオなどのソニー製品がたくさんあった。私の家よりもたくさんあるくらいだった。

ビル・ゲイツ（マイクロソフト創業者）

ゲイツと知り合ったのは、私がパソコン事業の事業部長を務めていたときだから、まだ彼は20代だった。まだ会社を上場させる前だった。投資銀行のアレン・アンド・カンパニー主催のサンバレー会議に参加したとき、その場でゲイツと議論になり、ワシントン・ポスト会長だったキャサリン・グラハムが間に割って入り、「若い人はいいわね」と言われた記憶がある。

その後、ゲイツは、世界的に知られるようになり、多忙を極める。そんな中で、来日時に「ゴルフをしたい」と相談を受けたのだが、とにか

ビル・ゲイツとは、「彼が20代のときに知り合った」（出井）：時事

く時間がない。そこで、ゴルフ場までヘリコプターを飛ばせば速い、と気づいてチャーターしたことがある。日本のゴルフクラブには、アメリカと違ってキャディーがつくことを喜んでいた。残念ながら、スコアはお互いあまり良くなかった。

後年、彼はマイクロソフト主催のＣＥＯ会議をアメリカのワシントン州メディナにある自宅で開催していた。私も出席したことがある。車で10台も20台も連なるのは、セキュリティー上の観点から問題があるということで、みんなで船で湖を渡っていき、正面玄関からは入らなかった。

１００人ほどの参加者がいて、テーブルは12あった。私はゲイツと同じテーブルに案内された。ソニーは、それほどの存在だった。

ジャック・マー（アリババ創業者）

アリババが創業して間もない頃、日本のメディアによるマーともう一人を含めた3人の対談が企画され、香港で初めて会った。テーマは「企業の中の社長と企業の関係」だった。

私は「社長といえども、企業で何もできないこともある。人間の身体と同じで、ハワイに行きたいと思ったらハワイに行くことができるが、血圧が高いからといってそれを下げようと思っても何もできない。そういうのは社長と同じだ」という話をした。マーは不思議そうな顔で、「出井さんの言うことはよくわからない」と感想を漏らしていた。

それから5、6年後。アリババは急成長していた。彼に北京で新聞社主催の経営者の会議で久しぶりに会うと、「出井さんの言うことがわかったよ！」「本当に会社というのは思うようにならない！」と言ってきたことをよく覚えている。

ロビン・リー（バイドゥ会長兼CEO）

リーには、九州で開催されたベンチャーのフォーラムで出会った。その場で「社外取締役になってほしい」と依頼を受けて、引き受けた。最終的に10年間、社外取締役を務めることになる。

当時は仮住まいの小さなオフィスだった。シリコンバレーのベンチャーのようだった。中国市場の大きさを考えれば、成長する可能性は大きいと感じた。経営でアドバイスした記憶はあまりなく、自分の力で伸びていったという印象だ。アメリカで、ＡＩや自動車の事業にも進出すると聞いている。

彼は中国国籍だが、アメリカの大学に留学をして起業した。家族はアメリカ国籍。純粋な中国人という雰囲気ではない。プライベートでは、随分とゴルフを一緒にした。また、カ

ジャック・マーに、「社長業をアドバイスした」（出井）：Avalon/時事通信フォト

ラオケが上手で、よく付き合わされた。

バイドゥ、アリババ、テンセントが後にワンセットで語られるようになる。日本も技術はあったにもかかわらず、こうしたプラットフォーマーがなぜ出てこなかったか、誰に聞いても理由がはっきりしない。

ジェリー・ヤン（ヤフー共同創業者）

ヤンとは、ソフトバンクの孫正義さんの紹介で会った。神奈川県茅ヶ崎にあるスリーハンドレッドクラブで、3人でゴルフをした。草創期、ソニーにはない事業を手がけているので、ソニーと合併すると面白いと思った。しかし、社内の反対にあってしまった。

私も加わっていたレノボのアドバイザリーボードの一員となったヤンが「何をすればいいのか？」と聞いてきたので、「ワイン&ゴルフコミッティのトップになればいい」と冗談で言った。そうしたら、その後、レノボのメンバーのワインのレベルが一段上がった（笑）。

彼はオーガスタゴルフクラブのメンバーになっていて、彼のプライベートジェットで、オーガスタに行ってプレーをしたことがある。これは、楽しかった。

ロビン・リーには、「会ってすぐ、社外取締役を頼まれた」（出井）：Imaginechina/時事通信フォト

スタンフォード大学に、ヤンの名前がついた建物がある。彼が寄付したからだ。アメリカの資産家は本当にすごい。そして、経営には口を出さない投資をしている人が多い。

上場して少しお金が入ると、銀座で遊ぶような経営者はアメリカには少ない。そのくらいのお金では、ベンチャーの成功とはいえないと思っている。もっと志を大きく持ってほしい。

ジェリー・ヤンとは、「レノボのアドバイザリーボードで一緒だった」（出井）：AFP＝時事

ヤン・ヤンチン（レノボ会長兼ＣＥＯ）

レノボ創業者のリュウ・チュアンジから電話がかかってきて、「出井さんのソニーの経験がこれからのレノボで役立つから、社外取締役になってほしい」とのオファーがあった。

ＩＢＭのパソコン部門を買収したタイミングで、当時は「何でもパソコン」という発想だった。それに対して、私は「それではダメだ。世界はもっと広いぞ」とアドバイスした。パソコンはこれからだんだん廃れていく。アメリカと中国の会社が合併するのは、これまでに例がないので苦労するぞ、とも伝えた。

日本でのレノボのパソコンビジネスは世界で最も儲かっていると思う。ＮＥＣと富士通からパソコン部門を買ったが、ブランドは残したままで好調な売り上げを維持している。ところが、買収時に部門の従業員数を半分にしている。日本企業ではできない大きなリストラを、買収を通じて実施した形だ。これで利益が出ないはずがない。

人柄は、我慢強い印象がある。計画をしっかり立て、ガバナンスを整えて、社外取締役の意見にもよく耳を傾けてくれた。10年間、レノボの社外取締役を務めたが、ヤンチンからすると、面倒くさい人だと思っていたのではないだろうか。

ヤン・ヤンチンへは、「パソコンに専念するな、と伝えた」（出井）：Imaginechina/時事通信フォト

第4章

森川 亮

［C Channel社長、LINE前社長］

個人が動画でモノを売る時代になっている コンテンツはデータを解析して作る

MORIKAWA Akira

森川 亮（もりかわ・あきら）

C Channel代表取締役社長、LINE前社長。1967年、神奈川県生まれ。筑波大学情報額学類情報工学専攻卒業。89年、日本テレビ放送網入社。99年、青山学院大学大学院国際政治経済学科修士課程（MBA）修了。2000年、ソニー入社。03年、ハンゲームジャパン（現LINE）入社。04年、取締役就任。07年、LINE社長。15年に退任し、起業。C Channel設立。著書に『シンプルに考える』（ダイヤモンド社）ほか多数。

ライブコマースを含めた、個人がモノを売る時代になってきています

出井　Ｃ Ｃｈａｎｎｅｌを起業されて、今はどんな取り組みをされていますか。

森川　２０１５年に20代の女性向けのメディアとしてスタートしました。アジア10カ国に展開をして、さらにママ向けのメディアを3年ほど前に立ち上げまして、こちらも順調に伸びて、インスタグラムのフォロワー日本一のママ動画メディアになっています。

　一方で今、世界的にメディアそのものの存在が変わってきています。いわゆる個人がメディアになる時代になっていて、その流れで２０１９年の春から「Ｌｅｍｏｎ Ｓｑｕａｒｅ（レモンスクエア）」という名のインフルエンサーを活用した新たなマーケティングのサービスを立ち上げました。

　今はこちらを軸に、今後はインフルエンサーから分散型ＥＣ（電子商取引）、ソーシャルバイヤーを活用したソーシャルコマースに大きく舵を切りつつあります。

　今まではＥＣというと、アマゾンや楽天のようなプラットフォームが強かったのですが、個人の発信からモノを買う「人軸消費」という流れがどんどん広がってきています。中国では、ライブコマースを含めて、個人がモノを売る時代になってきています。

　さらにいうと、ソーシャルバイヤーから、個人で商品を作るＤ２Ｃ（ダイレクト・トゥ・コンシューマー）のような動きも始まっています。インフルエンサーが、最初は自分でシ

ヨップを持って、そこに卸す。そんなふうに、個人が商品を小ロットで作って販売することを私たちは支援していきます。

かつては広告も、性別や年齢などのデータでターゲティングをしていましたが、この切り口ではくくることができないグルーピングがあります。そこでＡＩ（人工知能）を活用して、個人のライフスタイル、例えば好きな色や好きなブランドでターゲティングする。個人の発信やハッシュタグを解析してマッチングする。そんなスタイルを志向しています。

広告とモノを売ることは今、すごく近づいていまして、見てその場で買うような流れになってきています。良ければすぐ買えるという流れを実現するには、メディアとＥＣは一体化しないといけない。それこそ、モノを作るところまで一気通貫になる。そういう世界観を目指しています。

出井　テレビ局からソニーみたいなモノづくりの会社に入って苦労されて、それからゲームがあってＬＩＮＥがあって、そこから今の映像ですから、まさに時流の波に乗って動いてきたのが、森川さんですよね。

今のプラットフォーマーは世界的に大きくなり過ぎてしまったので、逆に今度は個人からどうするかというのが、これからの流れになると私も思います。そして、アジアでニーズが高いようですね。

森川　なんとなくですが、欧米は「人はいらない」みたいな方向にいきがちですよね。そのためにＡＩを使えばいいじゃないか、と。アジアは「三方よし」というか、人が介在することによる温かみのようなものを大事にします。そういうエコシステムまでできるといいかな、とちょっと思っています。

欧米的発想の総取りのプラットフォームではなく、アジアには共存共栄という印象がありますね。

新しいことのチャレンジは若いところで

出井　昔の大東亜戦争で、日本はアジアからいかに抜けるか、と頑張ったんです。その前はイギリスと同盟を結んでいた。その後はなんと、イギリスと戦ったドイツと組んでしまった。アジアから離れることが、国是みたいなものだったのです。

戦後は、アメリカでもって成長したけれど、どんどん円を切り上げられてしまった。アメリカの会社を買うしかなくなって、そこで成長が止まってしまった。

その意味で、この次は完璧に、日本とアジアの時代に向かっていると見ています。

森川　そうですね。若い人をターゲットにするなら、アジアに出るほうが効率的ですよね。フィリピンやベトナムは、国の平均年齢が20代ですので。

出井　本当に若いですよね。日本は50代に近くなっています。

森川　平均年齢が高いと、考え方も古くさくなってしまうと思います。新しいことにチャレンジするなら、若いところで取り組むのが手っ取り早い。
実は、韓国がやっているＫ－ＰＯＰや韓流ドラマみたいな形で、日本のエンターテインメント領域を打ち出して、アジアから日本に来たくなるような仕組みにしようと、もともとは考えていました。始めてみると、事業として厳しかったので、今は現地化しています。

出井　アジアの成長はすさまじいですからね。ヨーロッパの知人とやり取りしていると、どうすればアメリカだけでなく、日本やアジアに入っていけるのか、質問を受けますよ。
ヨーロッパ人は韓国に出てたくさん失敗していますね。だから、日本をベースにアジアをやろうと考えている会社は増えています。

森川　私の場合は、もともとＬＩＮＥがアジアに出ていたので、現地の仲間がたくさんいて、そこからつながっていった側面があります。ただ、アジアはまだマーケットサイズが小さいことが課題でした。広告でいえば、日本の数十分の一ですから。
成長を狙いながら収益も取るという、両方の共存がちょっと難しい状況はまだありますね。中国は中国で競争が激しくて、いろんな競合と戦わないといけないですし。
今はインドネシアにフォーカスしています。人口も多いし、成長もしている。現地の会社をグループ化して参入しました。ただ、コロナ禍の影響がちょっとひどい点が心配です。

出井　人口が２億７０００万人くらいでしょう。島文化、離島文化だから、日本人には向いているかもしれない。

森川　ＬＩＮＥがタイ、台湾、インドネシアに強かったこともあります。台湾は親日的でもありますが、マーケットがすごく小さい。アジアといえば、自分自身は韓国が最も縁深いんですが、ここ数年で急激に反日が強くなってしまって。日本という言葉が出ただけでバッシングされてしまう現実がありました。大統領が代わると世の中が変わってしまう。ちょっと残念ではありますが。

そして、びっくりなのがタイで。成長が止まってしまったんですよね。予想外でした。

出井　モノづくりの工場が増え過ぎたのだと思う。ソニーだって、最も大きい工場がタイにあります。何万人と雇っていて、みんな安定しちゃった。ある意味、アジアの中の先進国ですから。

森川　そうなんですよね。たぶん、タイの人は、これで満足しちゃったのでしょうね。

出井　ちょっと日本に似ている。

森川　そうですね。バンコクは豊かですし、治安もいいし、所得もある程度は高い。インドネシアは成長しているし、マーケットも大きいですから。あとは、中国ですね。

中国では広告が成り立ちにくい

出井　中国はどうでしょう。

森川　中国のファンドに出資してもらい、現地の会社をグループ化して展開しています。ただ、中国は日本より進んでいて、常に変わっているので、キャッチアップが大変です。

あと、広告ビジネスがいい加減というか、数字がいい加減なんです。全部とは言いませんが、代理店がウソをつくだけでなくて、プラットフォームそのものが数字を作ってしまっていたりする。フォロワー数、増やしておきましょうか、みたいな。

そのフォロワー数も、偽物のアカウントなのか、単なるデータを直接書き換えているのか、わからない。だから、中国では広告が成り立ちにくいです。

売り上げについても、数字を作る会社があります。買うとランキングが上がり、売れやすくなるので、売り上げの半分はウソだという場合もあるようです。こういうことがあると、日本人が行ってまじめに仕事をすること自体が難しい。

日本企業と仕事をしていると、誠実に正しくやろうとして現地でやられてしまう、みたいなことは多いですね。

出井　私もアジアの会社も中国の会社も、たくさん関わりを持ってきたので、大変さは理解できます。

中国人は、国や企業を信用していないんですよ。だから、ランキングもあまり信用されていない。バイドゥは検索エンジンを手掛けていますが、「やっていることが間違っているんじゃないか」「ちょっと大きく言い過ぎているんじゃないか」と言われましたね。それで企業規模が大きくなると、政府が入ってくる、それから省も入ってくる。

レノボも10年間、社外取締役でいたけど、ハードウエアのバリューは絶対に認めない、という姿勢も徹底していた。過去最高益を出しても、香港上場の株価は10年前の3分の1だから。グローバル企業も中国人は信用していない。

世界中の会社が、最も苦労しているのが、中国マーケットですよ。一方で、世界中の会社で最も儲かったのが、日本なんじゃないかな。

森川　中国のグローバル企業嫌い、ありますよね。最近だと、バイトダンスの動画投稿アプリ「ＴｉｋＴｏｋ（ティックトック）」がそうなんじゃないでしょうか。せっかくうまくいっているのに。

出井　いじめられていますよね。

森川　ＬＩＮＥのときに中国に行きましたが、そのときもデータを開放するみたいな話があって、これは大変だと思いました。

出井　日本の場合は、ＮＴＴみたいな会社が全部買ってくれる、という環境があります。そういう中で育っているから、なおさら大変だと思う。日本のソフトメーカーは、ずいぶん苦労しているよね。森川さんはＬＩＮＥの経験があるから、中国でのビジネスで強みになる。

森川　本当に中国で成功している日本企業は、少ないですね。ユニクロくらいでしょうか。新卒の中国人を育てて、送り込んだと聞いています。

出井　それも現地化の方法ですね。

当時のソニーは、今のアップルみたいなものを志向していた

森川　出井さんに直接、お会いしたのは、10年ほど前のソニーのＯＢ会でした。

出井　「ＳＯＢＡの会」だね。ソニーといっても、今は１４００くらいの子会社に分かれている。最初から分断された会社ですよね。グローバル企業というのは、分けざるを得なくなってしまう。

森川　私は、日本テレビから転職しました。

出井　日本テレビも、ソニーと同じくらい歴史がある会社ですね。テレビは非常に少ない広告主でやっていたでしょう。だから、個人と関係を作れなかったのだと思います。ライフスタイルのような価値観の分析は、アメリカではテレビの頃から進んでいたけど、日本では最後まで進まなかった。大手広告代理店のせいでもありますね。

ソニーの社長を務めていたときは、「デジタル・ドリーム・キッズ」というビジョンで、アナログから新しいデジタルの方向性に夢を持って変えていこうとメッセージしていた。森川さんもそうだけど、本当にいろんな人が集まってくれた。

あんなにいい人が集まった時代はないと思うけど、同時にあれだけ人を使いこなせなかった時代もなかったんじゃないか。森川さんも、大企業の嫌な面をたくさん見たでしょう。

それも、いい経験だったのではないでしょうか。

森川　当時のソニーは、今のアップルみたいなものを志向していて、まさにそうなるかな、と思ったんですよね。ハードウエアもソフトウエアも持っていて、最先端を走っていましたから。当時、そういう未来を目指していたのは、ソニーくらいでしょう。

出井　未来志向のプロジェクトがいくつもあった。ただ、人材が多過ぎると、どこかでおかしくなってしまう。人数だけがすごく増えてしまって。しかも、私が入った頃は平均年齢が30歳くらいの会社だったけど、あっという間に40歳を超えていった。

ソニーがうまくいったのは、日本のモ

ノづくりで価値が上がってから、コンテンツの買収でバリューを得るという変換に成功したからですよ。私のときはまだソニーを変える途中で、とても苦労した。だから、ソニーの社員だった森川さんが味わった苦労も容易に想像がつきますね。

森川 今も記憶にあるのは、現場の抵抗が強かったことです。

出井 オールドエコノミーとニューエコノミーが混ざっている状況だから。

森川 インターネットの事業に携わっていましたが、大崎の工場では「インターネット、けしからん」と怒られましたから。

出井 社長になる前にコンピュータ事業部にいて、ビル・ゲイツをはじめ、多くのパソコンメーカーの人に会っていたので、デジタルやインターネットが何をもたらすかがわかっていた。だから、ソニーを変えなきゃと考えたんだけど、社員には、共感してくれる人と、そうではなくて「やっぱりモノを作らなきゃ」という人が同居していた。

森川 はい、戦っていました。似たような商品を、あっちはアナログで、こっちはデジタルで作る、みたいな。ただ、コンテンツがやっぱり強かったので、ほかが乗りにくかったのかもしれないです。競合がソニーの新しい動きに反発してしまう。

出井 そうそう。コンテンツの権利関係もソニーが一番たくさん持っていたので、音楽配信一つ取っても、なかなか賛同してもらえなかった。

岩盤みたいなものが、今になってやっと崩れてきつつある

出井　でも、ソニー出身で偉くなった人はたくさんいるので、いい人を育てたというのはあると思う。森川さんは、ソニーの後に韓国系の会社に入ったんですよね。それが後に、LINEにつながっていく。

森川　韓国の会社は、若い人が多かったです。そして良くも悪くも、すごく厳しい。40歳を過ぎると辞めるかどうするか、迫られます。サムスンは成績順に席が決まっていて、ずっと下だと突然いなくなる、みたいな感じだったようです。だから、若くて元気な人が常に活躍できるわけですが。

出井　韓国の大企業は、昔の財閥だよね。4つか5つしかないわけだから。

森川　それで会社にいられなくなると、独立してだいたい商売を起こす。焼鳥店を始めるとか。でも、それでダメだと自殺に追い込まれてしまう人もいる。かなり厳しい。
韓国企業の時代、よく部下から「このままこの会社で失敗したら、死ぬしかないんでしょうか」と本気で言われました。

出井　経営者も大変だよね。大企業をいかにいじめるか、大統領自ら動いたりするからね。

森川　嫉妬文化の激しさもありますよね。

出井　あと、地域文化がすごいから。

森川　ただ、中にいたら頑張るしかない。

出井　日本も戦後、あのまま財閥が解体されなかったら、韓国みたいな会社になっていたと思う。日本という社会は、うまくヨーロッパ系の会社と、アメリカ系の会社と、日本の財閥系の経験が組み合わさって、成長することができた。

ただ、うまく行き過ぎたために、インターネットに乗り遅れた。でも、岩盤みたいなものが、今になってやっと崩れてきつつある。

森川　そうですね。世代交代してきた感じがあります。

出井　それにしても、ＬＩＮＥを生み出したのは、すごいね。

森川　あの会社は、ちょっと特殊でした。財閥ではなかったし。

日韓問題はすごく難しいし、中国もそうだし。アジア全域でビジョンを持つのは難しかったので、日本で何かできないか、という思いが大きかったと感じます。

出井　孫正義さんも同じよね。若い頃から頑張っていた。日本にも、そういう人はいたんだよね。

ソニーだってそうだった。ほとんどゼロから戦後に作った会社だから。そこで、モノづくりという一つの幕が開いたのだと思う。だから、この次にいくには、ちょっと時間がかかる。

銀行は、住んでいる近くでないと法人口座を作れない

出井　森川さん、起業は大変だったでしょう。

森川　ソニーで最初、ホームカンパニーにいました。それからテレビとネットをつなげようと通信カンパニーに移って、ジョイントベンチャーの立ち上げに携わりました。

このとき、10人から２００人くらいの会社に育てる経験をしました。最初は出資が30％ずつだったので、ソニーの名前が社名に使えなかった。それで、本当にゼロから営業をすることになって。

大手自動車メーカーなどと組んでケーブルテレビ会社を買収するような話から、動画配信の事業をやることになります。当時はＹｏｕＴｕｂｅ（ユーチューブ）もニコニコ動画もない時代。ここで厳しい立ち上げも経験していました。

でも、起業で一番大変だったのは、本当に細かいところですね。書類づくりとか。日本って、所在地がないと会社が作れない。でも、会社がないと、賃貸でオフィスを借りられないという矛盾が起きる。最初はシェアオフィスで立ち上げて会社を作って、引っ越して、また住所変更して、みたいなことをやっていました。

出井　日本の会社法は、ひどいよね。ソニーだって、横浜で株主総会を開けません。東京・品川区の会社だから。登記している場所でしか開催できない。そんな規制をかけている国

は、ほかにないよね。

森川　一番びっくりするのは、銀行です。銀行って、法人口座は住んでいる近くでないと作れないんです。

出井　ベンチャー企業が４大メガバンクでアカウントを持つことは、ほぼ不可能ですから。作ってくれない。信用がないから。それで調べてみたら、メガバンクがいかに少ないアカウントしか持っていないか、わかりました。

森川　うさん臭い人が口座を作ると、後で面倒になる、ということのようですね。審査基準があるのではないかとは思いますが。

　人材採用も大変でした。採用環境はずいぶん良くなってきました。とはいえ、やはり大企業で働くことに安心感を覚える人が圧倒的ではないでしょうか。

出井　大企業と官庁の役人は、クレジットカードを作るのにまったく苦労しないけれど、ベンチャーは作れない。まだ、そんな世界ですよ。

森川　借金ができないとか、親が反対するとか、奥さんが反対するとか。

出井　そう。だから、土地など有形資産を持っていない会社は、銀行のアカウントを持てない。

森川　ＬＩＮＥも売り上げが１０００億円ありましたが、会社がお金を借りようとしたら「担保が必要だ」と言われました。ＩＴ（情報技術）企業って、担保がないじゃないですか。

出井　ＩＴ企業は無形資産だけで、有形資産がないわけだから。日本では、やっぱりリスクマネーがない。でも、そんな中で、映像の会社を立ち上げたわけですからね。

森川　スマートフォンの動画の時代が絶対にくると思っていたので、それに賭けました。そういえば、会社を立ち上げるときに記者発表会をしたんですよ。動画元年はいつかきっとくる、と伝えたくて。

　そうしたら記者から、「森川さん、イグジットはどうするんですか」と。立ち上げたその日に、イグジットの質問で。次が「いつ黒字化するんですか」と。おいおいおい、今日始まったのだから、頼むよ、みたいな（笑）。本当にガックリきたことを覚えています。

日本の場合は、おそらく担当者がなるべく責任を取りたくない

出井　ソニーで社長になる前に、メディアやインターネットについて研究するシンクタンクを社内に設立しました。そこから出てきたのが、やがては対話のメディアになるという結論でした。

　一方的なメディアしかなかった時代に、「対話のメディアをやる」と当時から言っていたんだけど、まさにその時代がきましたね。

森川　ソニーに入社したとき、すでに３Ｄチャットのソリューションがありましたね。当時から「これからはコミュニティーだ」と言われていて、いわゆるセカンドライフのちょっ

と早い版、みたいな。

出井　新しいことに対して、あまりにも規制が強すぎる。だって、日本でスマホが遅れたのも、結局、作らせなかったからだよね。

中国は、国内で売れているスマホメーカーのランキングを見ると、ＶｉｖｏとかＯＰＰＯとかが、ファーウェイやチャオミ、アップルより上にいます。日本から見れば、まったく無名の会社がどんどんスマホを製造して売っています。

このキャリアはこのメーカーしか売っちゃいけないという日本と、実はドイツも同じですが、どちらもインターネットに乗り遅れた。

森川　日本でのビジネスには、いろいろありますよね。ＬＩＮＥでスタンプを始めるときに、まず出版社に「キャラクターを使いませんか」と提案しました。そうしたら、ほぼ全社からダメ出しをされました。「デジタル上で画像を出して、コピーガードはどうするんですか」と。

結局、自分たちでスタンプを描き始めました。それが儲かるとなったら、ようやく出版社が「一緒にやりましょう」という話になりました。

ゲームプラットフォームも同じです。日本のゲーム会社に行ったら、「そんなの、儲からないから絶対にやらない」と言う。しかたなく社内でゲームを作ったら、韓国企業も乗ってきた。そうして儲かるようになると、日本企業は動き出します。

中国や韓国の会社は事例がないと、だいたい「じゃあ、最初にやりたい」と言ってきますけど、日本の場合は、事例がなければ「どこかやるまで待ちます」という反応が多い。

出井　そうですね。まったく逆ですね。

森川　やっぱり最初に手掛けてシェアを取りたいと考えるのが海外です。インターネットでは、このマインドが極めて大事です。

日本の会社は、おそらく担当者がなるべく責任を取りたくない。説得材料が出そろってから、みたいなマインドが強いのではないでしょうか。意思決定の問題ですね。

出井　今は世界的に、集団的な発想から「個」の時代になってきています。日本では、ベンチャーにようやく、この流れが出てきました。それはいいことだと思う。しかも、ネットの人たちには、国籍という概念がないですからね。

辛かったのは、女性の気持ちを理解すること

出井　動画をめぐる状況も、どんどん変化していますね。

森川　会社を始めたときは、ＹｏｕＴｕｂｅの一人勝ちのような状況でした。そこからフェイスブックやツイッターが動画プラットフォームになろうとして参入してきて、動画が注目される形になりました。

そこから動画広告になってきています。やはりＹｏｕＴｕｂｅにはちょっと敵わなかっ

たというところで、ＴｉｋＴｏｋみたいなライブ配信が出てきて、またマーケットが変わりつつありますね。

　動画はもはや当たり前で、あとはそれを何に使うのか、という時代になってきたのかな、と思います。

出井　ソニーやＬＩＮＥの経験はあっても、まったく新しい映像事業の立ち上げは大変だったと思います。

森川　動画制作では職人肌の人が多くて、まず横画面を縦にするだけで、「それだったら辞める」という人がけっこういました。また、それまで30分や1時間といった映像を作っていたのが「1分に収めるのは、どうしても納得がいかない」とか。

出井　ハードウエアのデジタルカメラが横でしょう。これだけスマホで縦が当たり前になっているのに、どうして縦にしないのか、それが不思議ですよ。ソニーも、なんだかんだと伝統を守ってしまっているように見える。

森川　横でいい面もあるかもしれませんが、守りが強いですよね。

出井　本当にそう思う。

森川　動画というと、みんなテレビや映画のイメージが強過ぎるんです。テレビや映画とちょっとでも違うと、「どうしてそうしないのですか」みたいな話になってしまう。

　でも、そもそも動画って何なのかと深掘りすると、テレビや映画を気にする必要はなくなります。むしろ、この小さな画面で見たい動きは何なのか、文字や写真よりも動くもので意味があるのは何なのかというところにフォーカスしていった結果、答えが見えてきたのです。

出井　今のように、一般人の発信はまだ少なかった。

森川　そうですね。インスタグラムも動画に対応していませんでしたし、ブロガーの時代でした。最初はブロガーに動画に出てもらったんですが、見た目があまり華やかではない、という課題に気がつきました。

　そこでターゲットを女性としましたが、つらかったのは女性の気持ちを理解することですね。「可愛いものをやりましょう」という話になったのですが、可愛いをテーマにインタビューし続けたら、人によって捉え方がまったく異なるわけです。しかも、昨日と今日で言っていることが違ったりする。可愛いがわからなくなって、ノイローゼ気味になりました。もう、みんな可愛くなっちゃうんですよ（笑）。最後は、「社長も可愛いです」と。おいおい、みたいな（笑）。

アジアはやっぱり若い人が多いので、新しいモノに積極的です

出井　新しいものを面白がる人は、年代は関係ないと思います。私は水樹奈々という歌手が昔から好きでね。ご存じですか？

森川　すみません、知らないです。

出井　でしょうね。あの人が歌を変えた、と言っていいくらいの人です。アジアでも、すごい人気ですよ。デジタルで歌っているのです。

森川　出井さんはやっぱり、常に最先端に触れていますよね。

出井　ソニーの社長になる前から、いろいろ勉強していましたから。例えば、映画は2時間、テレビが30分、スマホは数分ですけど、実はコンテンツの長さとデバイスの大きさは比例しています。

　長いものは大きく、短いものは小さく。逆にいえば、モニターのサイズによって、コンテンツの長さは決まっていく。小さくなれば、コンテンツは短くなるんです。

　一方で、スマホも大型化が始まっているでしょう。サムスンの折り畳みの3つ折りとか。

開いたらサイズが倍になる。ということは、長い映像が出てくるということだと思います。

森川　ハードウエアの変化も重要ですね。そのうえで、５Ｇに注目しています。５Ｇになると、すべてがモニターになる。そこに表示するコンテンツの一つは動画に違いありませんから。

出井　５Ｇは日本が一番遅れているから。だから、アジアから入ったほうがいい。

森川　そうですね。アジアは若い人が多いので、新しいモノに積極的です。しかも、多少雑でも、ガンガン進んでいく。日本だと、ちょっとでもダメだと叩かれますよね。だから、新しいものがやりにくい国になってしまった。むしろ、古いもののほうが評判がいいというか。

　いずれにせよ、これからは動画を見てモノを買うのが当たり前になると思っています。テレビだけでなく、バーチャル空間でも起きてくる。上海なんて、ビルも自動車もモニターですから。すべてがスマホ化している。

出井　自動車はもしかすると、オペレーターになっちゃうかもしれない。だから、日本のキャリアは、やりたくないんじゃないですか。ＩｏＴ（モノのインターネット）だって遅れている。いろいろなものが変わっていく。

森川　特にモノの売り買いが変わると思っています。購入プロセスには2つあります。1つは、欲しいものを検索して、最も安いところで買う。一方で、ウインドウショッピング的に、見ていたら欲しくなったというケースがある。

中国の場合は、先ほどお話ししたように広告が成り立たないので、すべてのプラットフォームがライブコマースになってしまった。動画×ECになっているのです。

その中心がKOL（キー・オピニオン・リーダー）です。個人がメディアに出て販売してしまう。中国人は企業を信用せず、むしろ個人のほうが信用されています。しかも、個人が仕入れて安く売ったりもできる。

中には一人で何十億円も化粧品を売るKOLがいる。それがあらゆる領域に広がっている。KOLを育てる会社があって、たくさんの予備群がいる。

日本はいろんな規制と業界による縛りがありますよね。例えば、化粧品会社はネットで安売りできない。百貨店から閉め出されてしまうから。コスメが安いのは並行輸入だからですが、それをやると取引禁止になる。

オフライン中心の商習慣が日本ではまだ強いので、展開しにくいところがあるんです。

インターネットになったら、土地なんていう概念はまったくない

森川　あと中国では、KOL自身が起業家で、すごくアグレッシブです。自分は単なるモデル、インフルエンサーじゃなくて、起業家と認識している。だから、仕入れて売るだけじゃなくて、そのうち工場を買収して、自分でブランドを立ち上げていく人たちもいる。

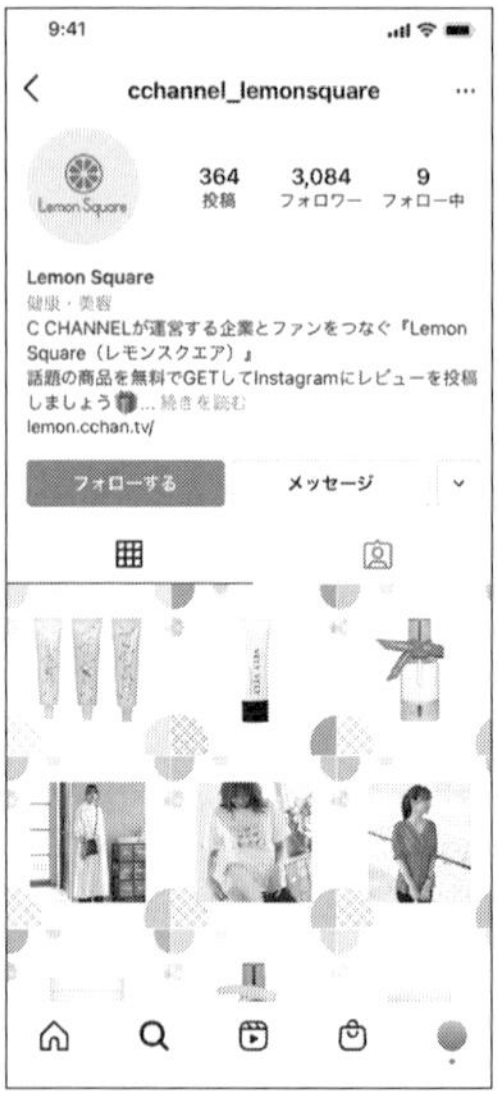

企業と消費者をつなぐインフルエンサーのプラットフォーム「Lemon Square（レモンスクエア）」

日本は、ガツガツ売ろうとすると叩かれるので、密やかにやるわけです、さりげなく。なので、大きくは売れない。ここには国民性もあるのかもしれません。でも、今後は変わっていく可能性がありますね。

それこそ実演販売のコパ・コーポレーション的な領域ができてきて、こういう会社と商品化していく、という流れができるかもしれない。

一方で今、タレントの仕事がなくなってきています。デジタルエンターテインメントの領域が広がる過程で、モノを売れるタレントの価値がどんどん上がってきそうなので、こうした人材育成にも携わりたいと思っています。

実際、事業の可能性を感じる分野は多くありますが、日本はインフルエンサーと芸能界の壁、テレビとネットの壁など、いろんな壁がある。この壁を超えると出入り禁止になったりするので、みんな気を遣いながら生きている面があります。

出井　中国は、CDなんてずっと路上で売っていたわけですよね。ネットに抵抗がない。むしろ、路上が進化したというシンパシーがあるのだと思う。

森川　ＫＯＬの起業家的感覚も、出井さんのおっしゃっていた国を信用していない、会社も信用していない、信用できるのはお金、という感覚からきていると思います。

出井　だから、実はアジアの人たちは、日本に対しての憧れは強い。逆に日本はアジアや世界を見ていけば、自然に変わっていくと思う。

森川　地道にコツコツやるのが強みなので、日本人の強みを生かせる領域が、今はすごく重要だと思います。変化に対してあまり強くないので、きちんと変わらずに我慢してやり続ける領域はいいと思いますね。

出井　基本的にはまだ土地本位の農業国でしょう。なのに、農業を誰もやらない。こんな国もあまりない。これだけ守られているのに。土地が大切だなんて国は、何十年も遅れているわけです。インターネットになったら、土地なんていう概念はまったくないわけだから。

その意味では、日本はまだ狩猟から農業に変わったままですよ。ただ、日本は変わり始めると、すごく速いんです。だって、明治維新でドーンと変わり、戦後にドーンと変わったわけだから。どこでドーンと変わるのか、でしょうね。

森川　コロナ禍でずいぶんと変わったな、と思うところがありますね。大企業がＥＣを立ち上げて、デジタルマーケティングも始まった。

出井　データが増えると、これもやりたい、あれもやりたい、と言い出す人が多い。

森川　日本人はまじめなので、情報を蓄積すると価値が高まる領域は強みを発揮できると思います。クリエーティビティーもあってゲームでも強さがありますが、今は変化が速いので、中国にやられてしまっている。

出井　例えば、医療の領域では、デイケアサービスなんて、まったくデータを取っていない。これ、データ化したらすごいビジネスになるはずです。個人情報の観点からか、反対の声もあるみたいですけどね。

　データを溜めれば、これまでとは違う視点で物事を考えられるようになります。ただ、データ分析がいかに下手か、コロナ禍における医者のテレビ出演でもよくわかります。データアナリストがいない。これからの有望分野だと思います。

森川　医療と教育は、どんどんデータを蓄えていくといいですね。ただ、まだ紙が多いのと、標準化もされていない。これからでしょうね。

出井　アメリカは文字がアルファベットしかないから、データ化するのも早かった。

森川　中国は、テンセントの対話アプリ「ウィーチャット」を使って、文字より声でやり取りする人が多くいます。メインが、ボイスメッセージです。一方、日本人は話すのに抵抗ある人が多いし、テキスト好きですよね。ツイッターも世界で一番ツイート数が多いですから。

国のミッション・ビジョンを明確にするといいかな

出井　今、世界で起きているのは分断です。ＥＵ（欧州連合）からイギリスが脱退した。アメリカではドナルド・トランプ前大統領が「米国ファースト」と言い出した。もう分断化の最たるものです。価値観が変わってきている。大きいものが、どんどん小さく、こぢんまりしていく。こう考えると、日本は〝アジアのスイス〟を目指せばいいと思う。

森川　日本の強みと弱みを整理して、強みを伸ばすしかありません。でも、政治家に「どんな国にしたいですか」と問うても、ふわっとした答えしかない。国のミッション・ビジョンを明確にするといいかな、と思います。

出井　あるアメリカ人が書いた世界の分析で、「日本は強い国にすり寄る」と書いてありました。まずはイギリス。それからドイツ。戦後はアメリカ。その人は、次は中国にすり寄る、と。

　でも、中国にすり寄らないことは、若い人のこれからの責任になってきます。５００年続いている老舗の会社数が世界一、なんていう日本の良さもある。アジアでリスペクトされているという良さもある。中国にすり寄らないで、独自のラインでいくべきです。ここで、インターネットを活用する。

森川　アマゾンプライムのドラマ『高い城の男』は、第二次大戦で日本とドイツが勝った設

定で未来を描いています。アメリカを日本とドイツが統治している。

　ここでドイツ人はやっぱり「ハイル・ヒットラー」みたいな軍隊型ですが、日本は侍なんですよ。美学がきっちり描かれている。この先にある世界は何なのか、考えるきっかけになりました。

出井　国が分断されている時代、日本みたいに何でも受け入れてやっていく、という国も必要になってきます。日本は戦後、ゼロからハードウエアのモノづくりで復興しました。

　変わり目は、１９８５年のプラザ合意ですよ。ソニーの社長になったとき、１ドル＝79円ですよ。大学卒業時は３６０円。これが79円ですよ。明らかに金融社会にリードされたんです。それでアメリカの土地を買い、エンパイアステートビルまで買ってアメリカの顰蹙《ひんしゅく》を買った。円高が金融時代を呼び込みました。

でも、その時代も終わり、インターネットの時代になってきた。ここでは、国の概念がない。だから、ＧＡＦＡのようにほとんどの国で税金を払っていないような事態も起きる。もう金融主義の時代ではないのです。

森川　日本はもっと海外に出ていったほうがいいですね。日本は良くも悪くも市場が大きいので、日本だけでやったほうが安定的に伸びるし、そこまで競争も厳しくない。でも、これだとすべてがガラパゴス化してしまう。

自分の経験でいえば、銀行や証券会社はアジア進出を嫌がりますよね。中国だと「チャイナリスク」と言われてしまう。「まだマーケットが小さいから、売り上げもシェアも少ないですよ」みたいな話になってしまう。もっと金融機関が応援してくれるといいと思います。

出井　日本は、数字で競争し過ぎるんです。一人当たりＧＤＰ（国内総生産）がどうとか、ＧＤＰが中国に抜かれたとか。そういうことじゃない。私は慶應義塾大学環境情報学部教授の安宅和人さんがやっている、人間と自然の共生を目指す「風の谷プロジェクト」に賛同しています。日本にはたくさん魅力があるわけです。

だって、アジアの人たちがあれだけ押し寄せてくるのは、それだけの理由があるから。京都をはじめとした観光地もあるし、食べ物もおいしいし。

日本は安定したいい国という位置づけでもかまわないと思う。新しいアイデンティティーを若い人が作ってくれるとうれしい。欧米寄りでもなければ、中国にもすり寄らない、きちんとした国になってほしい。スイスのスタンスのような。

中国と日本の大きな違いは、習近平のクリアな命令がきていること

出井　アメリカが良くなった象徴の一つとして、大企業の持っている研究所をすべて大学に寄せた点があると思っています。ＭＩＴ（マサチューセッツ工科大学）もそうだし、ハーバード大学もそう。大学で基礎研究を進めています。

　これに対して、日本は基礎研究のお金をどんどん減らしていますよね。そんな中で、ソニーと日立製作所と東芝がバラバラに基礎研究している。これを全部まとめたら、すごい金額になるわけですよ。例えば、それで次世代の半導体を作ってみるとか。

　アメリカで研究所を持っているのは、もうＧＥとＩＢＭくらいですよ。次世代では、こういう仕組みを考えていい。そうすれば、ノーベル賞の山中伸弥教授みたいに独特な研究も盛り上がるでしょう。日本は規制が多過ぎて、海外に出てしまうケースも多いけど。

森川　中国も「大学を作るから来てくれ」という話をしますよね。

出井　そうですよね。だから日本は、アメリカがベル研究所をどうしたか、ちゃんと勉強したほうがいい。基礎研究の費用をちゃんと考える。日本人はレベルが高いわけだから。

私は半導体の次世代を取り戻そうと動いているんです。シリコンの次世代の特許を持っている会社が日本にあるのだから。でも、大企業は動かない。東京大学の教授は、TSMC(台湾積体電路製造)に声をかけているという。

いろんな会社が研究していますよ。でも、同じテーマを複数の会社で競っているのは、バカバカしいでしょう。基礎研究は誰がやっても同じだから。

森川 研究だけで終わっても意味ないですしね。

出井 もったいないでしょう。そもそも、日本の評価はまだまだ高いんですよ。中国の9割は、日本は先生だと思っていますよ。例えばコロナ禍の前まで、私は中国にある世界で一番大きな有機ELディスプレーの工場に年に2回ほど呼ばれていました。

習近平から命令がきているわけです。ハードウエアの会社に対して、10年以内にビジネスの半分をハードウエア以外にしてください、と。有形資産と無形資産を分けろ、ということですね。

工場には部長以下100人ぐらいが集まってきます。ただ、ハードウエアの人たちがソフトウエアに対応できない事情は、日本と同じ。変われないんです。だから、どうすればいいのか、アイデアを出すと、すごく喜ばれる。

中国と日本の大きな違いは、クリアな命令が国からきているか否かです。日本は世界に打って出て、事業範囲を広げればいいんですよ。

日本の良さを残して、システム的に変えていく

森川　中国人も日本の商品やサービスに憧れている、という意見は共感しますね。例えば、安心安全をビジネス化できるといいなぁ、と思います。今、中国は化粧品に注目していて、日本のOEM（相手先ブランドによる生産）会社を買収し始めています。

それを「メイド・イン・ジャパン」と称して売る。決して望ましくないことが起きようとしています。これは早めに手を打たないといけない。

日本企業はマーケティングが苦手というか、いいものであれば売れると思っている節があります。でも、中国企業は模倣の天才なんです。良さそうに見せてガンガン広告宣伝を売ってマジョリティーを取るやり方なので、どう戦うかを考えたほうがいいと思います。

実際、欧米企業は、中国と同じようなやり方をして戦っています。日本企業はまじめで、いい商品を地道に信用で売ろうとする。でも、そのうちに完全に模倣されて、シェアを取られてしまう。

でも、昔はソニーでも、現地で激しく戦っていたわけですね。そうでないと、ここまでのブランドになっていない。最近の若い人がやっていないだけかな、と思います。

出井　例えばプレイステーションの販売許可が中国の官庁から下りて喜んでいたら、ソフトは違う官庁の管轄だった。中国と契約を結ぶときくらい、難しいものはなかった。

森川　中国の企業を買収するという選択もありますよね。ただ、買収すると社員が辞めてしまったりするので、マネジメントに苦労することは事実ですね。中国人のトップをずっと雇い続けるのは大変だという印象はあります。

出井　給料も高いですからね。日本企業では払い切れない。

森川　そうですね、高い人はすごく高いですね。アメリカもそうですけど、アジアでも年俸１億円くらいします。

出井　バイドゥの社外取締役だったとき、ＣＦＯ（最高財務責任者）を探すことになったが、英語が話せてアメリカの金融がわかる人材は、中国にはいない。そこで、中国系のアメリカ人の女性が就きましたが、年俸１億５０００万円だった。

　日本企業にグローバリゼーションは難しいと思いました。そこまで給料を払わないから。社外取締役の私にすら、バイドゥやレノボは、株式をどんどん出してくれましたしね。日本もこのくらいやらないと、いい人は集まらないですよ。

森川　そうですね。優秀な人からでも、変えていかないとダメですけど、日本はそういうつもりがない。

出井　東京を金融都市にする、なんて絶対にできないから。以前、金融の人だけが集まる日本人の会に講師で呼ばれて、後で飲みに行きました。参加者は「日本からいかにして出るか」という話ばかりしていた。だって、給料は安いし、税金は高いんだから。

ほかの国に比べると、手取りが圧倒的に少ない。しかも、相続税もある。日本は社会システムからやり直さないと難しい。

森川　会社の役員で、受託契約といった形にしている人もいますね。給料は上げずに家賃は別に出してもらうとか。

出井　日本の良さを残して、システム的に変えていかないと。このままでは日本は農業国、工業国から脱することができないですね。

今の大学生は、世界から見たら高校生くらいの実力です

出井　日本は「鷲」のアメリカと「虎」の中国、両方と付き合っていかないといけない。どちらも人を食らう動物だから、付き合うのは大変です。

森川　韓国は、器用に渡り合えていますよね。そのうえ、日本にも輸出している。

出井　韓国人は英語も流暢《りゅうちょう》だし、最初から世界を見ている。だから、ハリウッドでも勝てた。日本は国内ですら、お金も回らない。ビジネススクールもアメリカのような人間関係は作れない。それも変えていかないと。

　今の日本の大学生って、世界から見たら高校生くらいの実力なんですよ。早くから文系と理系に分けちゃうから。あんなバカなことをしないほうがいい。特にこれからの10年、20年は技術の進歩が早いから。

あるベンチャー起業家は「５年で会社を売る」と言っていた。５年経って古くなった会社の刷新にエネルギーを使うより、古い会社を売って新会社を作ったほうがいい、と。

５００年続く会社もすごいけど、これはこれでいいと思う。

森川 日本は強い会社がたくさんあるので、全体的にＩＴ化を進めたほうがいいですね。そうすると、ＩＴエンジニアも増える。国の予算もなるべくＩＴに寄せていって、特許を取ることでベースができる。あとは、そこから海外に出て行く人材を増やしていく。

金融改革による規制緩和と、ここから出てくる新しいフィンテックの事業も、ベンチャーや大企業の新しいチャレンジの下支えになると思います。人口が減ってしまうので、選択と集中はとても重要になってきます。

今までのモノづくりから、次のステージにどう移っていくか、ちょっと整理したほうがいいですね。

出井 同じ意見ですね。教育も変えないといけない。私も支援した軽井沢のインターナショナルスクール「ＵＷＣ ＩＳＡＫ ＪＡＰＡＮ」は、７割は奨学金で80を超える国・地域から生徒が来ている。ここでは中国人とネパール人が仲良くなったりする。義務教育こそ、こうでないと。

森川 私の娘は、大学からアメリカに行ってしまいました。日本にいたら潰される、と。平等主義というか、オール５みたいな世界を求めるじゃないですか。でも、今は世界に一つ秀でたものがないと勝てない。選択と集中が必要なのに、学校の先生は平均点を上げる努力をする。それが嫌になったみたいですね。

これからは尖ってないと、と思うんですが、日本は尖っちゃいけない、みたいなところがある。

出井　企業が選択と集中をやるには、変わらないといけないですね。平均年齢が上がって、“運動能力”は落ちているんだから。

森川　一カ所にずっといると、その会社に最適化されてしまう問題もあります。ほかが見えなくなって、社内政治に力を入れるようにもなる。年齢に関係なく、いろんな経験を積んでいればフレッシュです。

出井　ところで、森川さんのところは女性社員が多いでしょう。マネジメントはどうしていますか。

森川　やっぱり共感力が大事です。競争をさせてしまうとケンカになるので、ひたすら共感し続ける。あとは、20代の独身女性とお子さんができた女性とキャリアウーマンでは、それぞれ価値観やライフスタイルが違うので、それに合わせます。

外国人も多いですから、価値観の統一はすごく難しいです。そもそも日本的な働き方と合わなかったりもするので。なるべくゴールを決めて、ある程度は任せる、というスタンスでいます。

若い漫画作家は、データを解析して漫画を作っていく

出井 日本の女性は優秀だと思います。話は変わりますが、中国の人たちは、日本の女性に対する憧れがすごいでしょう。日本の女性は優しいと思い込んでいる。向こうは強すぎるから。

森川 前職のときも、韓国人の経営者が漫画『課長 島耕作』にハマっていましたが、実際の日本人女性は違った、と勝手に勘違いしていて(笑)。

出井 漫画といえば、中国と韓国にすべて持っていかれちゃったじゃない。

森川 ウェブトゥーン(Webtoon)ですね。新しいカテゴリーができて、スマホで見るので縦長の漫画が主流になっています。日本の漫画はいまだにコマ割りです。

ウェブトゥーンは韓国のネイバーが一番強い。作家から作品が届くと、10数カ国同時に自動翻訳してリアルタイムで配信する。でも、日本の作家はその翻訳が嫌だと言って、日本の作品だけ配信が遅い。こだわるのは構いませんが、スピードに対応できなくなっています。

出井 日本は、紙に頼り過ぎですね。雑誌ありきで、それからネット化だから。最初から土俵が違う。

森川 漫画のクオリティーも全体的に上がっていますね。スマホだと、ページごとに見ら

れた何秒数などをデータ化できます。今の若い漫画作家は、データを解析して漫画を作っていくんですよ。読んでみると面白いですよ。今は逆輸入でＬＩＮＥ漫画とかも入ってきています。今後はこっちが主流になるかもしれない。紙の漫画じゃなくて。

でも、日本だと、修業が大事となる。もちろん、それは素晴らしい価値観ですが、時代の流れに遅れてしまっているのは事実です。

出井　そうなりますよね。

森川　音楽も変わってきています。あるベンチャーの経営者は「音楽配信のスポティファイのアルゴリズムに特化した音楽会社を作る」と言っていました。スポティファイって、１局の再生で３円もらえるらしいんですよ。なので、スポティファイでウケる楽曲を作って、収益を得る。もう、こういう時代に入っています。

出井　音楽も先にいってしまっている……。

森川　韓国のアイドルも、中国人を入れて、タイ人を入れて、とやっていますよね。最近ようやく、日本人も入るようになりましたけど。日本は芸能事務所が止めています。海外に出た人と付き合うな、といった話もあるようです。さすがに最近は、変わらざるを得ない感じになってきていますけど。

出井　ミュージシャンでは、ＹＯＳＨＩＫＩみたいに、一人で飛び出してロサンゼルスに住んで活動する「個」もいるんですけどね。

最後に森川さんの今後の抱負を聞かせてください。

森川　個人がネットで活躍する時代だと思うので、その人たちに向けたプラットフォームを作りたいです。モノを売る環境もそうですし、「mysta（マイスタ）」という動画のオーディション事業もやっていますし、有名人に動画を作ってもらうサービスも始めました。

個人がどんな事業でもできるようなプラットフォームを作っていきたいです。

出井　これからですね。期待しています。ありがとうございました。

（2020年11月4日　C Channel本社にて）

第5章

慎 泰俊

「五常・アンド・カンパニー代表」

日本初のマイクロファイナンスを企画
インドで金融サービスを磨き上げる

SHIN Tejun

慎 泰俊（しん・てじゅん）
五常・アンド・カンパニー代表執行役。1981年、東京都生まれ。朝鮮大学校政治経済学部卒。早稲田大学大学院ファイナンス研究科修了。モルガン・スタンレー・キャピタル、ユニゾン・キャピタルに勤務。2007年、NPO法人Living in Peaceを設立し、日本初の「マイクロファイナンス・ファンド」を企画、国内で社会的庇護下の子どもの支援に取り組む。14年、五常・アンド・カンパニーを創業。途上国の貧困層に小規模の金融サービス（マイクロファイナンス）を提供する金融機関を各国で経営する。

国の枠を超えたアジア人だと思ったんですよ

出井　慎さんとはもう長いお付き合いになります。マイクロファイナンス事業を手掛けていますね。

慎　はい。発展途上国の所得の高くない人たちを対象とした金融サービスです。2021年9月時点で、5カ国で約100万人に資金を提供しています。従業員は6000人を超えました。世界の50カ国で事業展開が目標です。

出井　従業員は、もう6000人ですか。ずいぶん増えましたね。

慎　毎月100人とか、200人ずつ、増えています。

出井　私が立ち上げたNPO（非営利組織）法人アジア・イノベーターズ・イニシアティブが主催する「アジア・イノベーション・フォーラム」に2010年に登壇してもらいました。

慎　まだ会社で働きながらNPOをやっていた頃です。

出井　たしかユニゾン・キャピタルに勤務していたときに知り合いになったのですが、「慎さんはアジア人だ」と思ったんですよ。

日本生まれだけれど、国籍は朝鮮。北朝鮮でも韓国でもない。戦後に無国籍状態になったあと、祖父母や両親が国籍を選ばなかったから、今では存在しないはずの朝鮮国籍になったんですよね。慎さんも何の手続きもしていないので、形式上は無国籍。パスポートも発行されない。

海外に行くときには、法務省から特別な書類を発行してもらう。だから、「現地の空港では、怪しまれて大変だ」と言われていました。

だから、日本人とか韓国人とかの枠を超えちゃって、世界を舞台に働いているアジア人なんじゃないか、と。まず、そこが気になりました。

あとはマイクロファイナンスにかける夢ですよね。中国とインドがどんなに発展しても、何億人もの人が貧困から抜け出せません。私はアジアでいろんな関わりを持っていたので、その事実はよく理解していました。そこで慎さんが、いわゆる最底辺にいる人たちを助けるマイクロファイナンスを始めるという話は、とても興味を持ちましたね。

慎　２０１０年当時はまだ、児童養護施設や親のもとで暮らせない子どもたちの支援をしていました。

出井　認定ＮＰＯ法人「Ｌｉｖｉｎｇ ｉｎ Ｐｅａｃｅ」ですね。私もサポートしていました。そもそも、どうしてこうした活動をすることになったのでしょうか。

慎　生意気だったので、子どもの頃はよく先輩にいじめられていました。ちょっと先に生まれただけの先輩に、こんなに理不尽な目に遭わされるのはおかしい、と思っていたんです。国籍がないため、海外渡航の際には嫌な思いをすることもあります。あと、お金もかなり苦労しました。

こういうことって、生まれたときに選べないものですよね。選べないもので人が不便を感じたり、可能性が狭まったりするのは嫌だなと思いました。たぶん、その思いが始まりです。だから最初は、人権弁護士になろうと考えていました。

当時、アフガニスタンで戦争があって、反戦デモなどにも参加しました。やがて気づいたのが、ゲームのルールは資本主義だということです。人権活動は素晴らしいですが、まずはゲームのルールを理解する必要があると思いました。

ちょっと浅はかですが、資本主義のルールの中心は金融だろう、と。それで、モルガン・スタンレー・キャピタルという投資銀行の不動産投資部門に入りました。その後にユニゾン・キャピタルでプライベート・エクイティに従事し、それから起業に至りました。

生まれたときの環境で、不利益を被るのはおかしい

出井　やはり国籍が影響しているのですね。

慎　どこにも属してない感じっていうのはありますよね。日本に生まれ育っていますけど、例えば一時期、北朝鮮と日本の関係が深刻だったときに、日本から出国するたびに毎回、誓約書にサインさせられました。嘘をついていたら、日本にもう一度戻って来られなくても文句は言いません、という内容です。

これは、朝鮮国籍の人の中には北朝鮮支持者もいるので、念のために書かせていたとい

うことだとは思います。ただ、そういう書類にサインを要求されると、自分はここには完全には属していないことも痛感しますよね。

一方で、北朝鮮と韓国、両方に親戚が住んでいますが、「じゃあ、そこに自分が属しているか」というと、そもそも暮らしたことがない。どこかに完全に帰属している思いは抱きにくいですよね。

出井 でも、これからいよいよ、そういう世界になるんじゃないか。ヨーロッパでも、日本人として暮らしている人もいる。アメリカで黒人のデモが起きたりしているのを見ていると、国が定義する自国民の枠から外れている人はたくさんいるわけです。

慎 パスポートなしで海外に行って、いろんな国で空港警察に取り囲まれるような経験を何度もしていることも大きいかもしれないですね。自分は何もしていないのに、と。

でも実際に途上国に生まれたりすると、例えばカーストや家の経済状況で、強制的に隅に追いやられてしまっている人がたくさんいます。そういう人たちが、私には他人事と思えません。

出井 アメリカは戦後、いろんな国を壊してきたところがあります。そこで、たくさんの難民が生まれた。その人たちが、自分の国が守ってくれるパスポートのようなものがない。「個」が、さらされてしまうわけですよね。

それを考えれば、難民の人たちは生きていくのがどれほど大変か、ということですよね。

日本人はパスポートを持っていれば、世界中ほとんどの国に行けるし、どこかで落としてしまったら、日本の大使館に泣きつけますから。
難民には、泣きつく大使館がない。

慎　そうなんです。それは、彼らの責任ではなくて、その国に生まれたから。難民に限らず、生まれたときの環境で、不利益を被るのはおかしいです。実の親と何らかの理由で離れざるを得なかった子どもたちも同じです。だから、そういう人たちの手伝いはできるだけしたかった。今の会社を立ち上げてからも、児童養護施設など相変わらず訪問し、子どもたちとコミュニケーションを取っています。

資本主義の中で、銀行はお金を持っている人だけを見ていた

出井　ＮＰＯに取り組む中で、マイクロファイナンスに目が向いたのは、どういう理由がありましたか。

慎　その頃よく、自分たちに何ができるか、という勉強会をしていました。あるとき、新聞でマイクロファイナンスの記事を見つけたんです。金融出身の自分はこれであれば役立てそうだという、安直なスタートです。

出井　その頃ちょうど、マイクロファイナンスがアジアの中で話題になっていました。

慎　「経済の分配・公正と貧困・飢餓」の研究という貢献で１９９８年にアマルティア・セン

がノーベル経済学賞を取りました。そして、実際にマイクロファイナンスを展開していたグラミン銀行の創設者のムハマド・ユヌスが、２００６年にノーベル平和賞に選ばれましたね。

出井　当時、「アジア開発銀行の将来を考える5人のメンバーになってほしい」と、アジア開発銀行総裁で後に日本銀行総裁になる黒田東彦さんに頼まれましてね。リポート制作などに携わっていました。

そのときにアジアをずっと見ていて、いろんなことがわかりました。中国やインドが頑張っても、貧困層が数億人にもなることもその一つです。貧困層の解消という課題に対して、マイクロファイナンスはどこでも話題に上がるようにもなりました。

慎　２００７年からＮＰＯでマイクロファイナンスの活動を始めました。

出井　ちょうどリーマン・ショックがくるタイミングだ。

慎　はい、マイクロファイナンスのファンドを組成したのが２００９年ですから、その直前にリーマン・ショックが起きました。ちなみに、マイクロファイナンスのファンドとしては、日本初となります。

出井　それで、起業の準備はいつ始めましたか？

慎　２０１２年に「サマーダボス」に行って、民間セクターの世界銀行をつくるという決意を固めて日本に戻ってきました。翌年に会社に辞意を伝えたところ、会社は「起業の準備をしながら働いてもいい」と言ってくれたので、1年間、働きながら準備を進めました。スタートは2014年がスタートです。出井さんには、早いタイミングでご報告しに行きました。

出井　起業する人にたくさん会っています。そのうちの一人でしたが、これはいいと思いましたね。マイクロファイナンス領域の起業は、それまでなかったですから。

慎　そうですね。日本にはまだなかったですね。

出井　そのときに聞かせてもらった、メガバンクでアカウントが開けなかった話は、今も覚えています。

慎　銀行口座を開かせてもらえなかったですね。でも、よくありますよ、ベンチャーは。

出井　今でも変わらないですね。会社に勤めていて、普通に暮らしている会社員や役人は、銀行が口座を開かせてくれないなんて、夢にも思わないでしょうね。

ただ、そのメガバンクで役員を務めている知人を私は引っ張り込むことにした。アドバイザーになってもらいましたよね。

慎　当初、引き受けていただきました。大きな組織にいらした方なのに、とてもフットワークが軽くて驚きました。

出井　でも、「すごいなぁ」と思ったのは、マイクロファイナンスを実際にやる現地に真っ先に飛んだのは、そのメガバンクの知人だったんですよね。

慎　そうですね。

出井　それで、彼は日本に戻ってきて、私にこう言ったんです。「オレって、銀行って、今まで何をしていたんだろう」と。

慎　はい、そう言われていましたね。

出井　資本主義の中で、銀行はお金を持っている人だけを見ていたのです。すでに成功している会社とかね。だから、大きな資金ニーズがあって、大きな事業ポテンシャルがあるにもかかわらず、マイクロファイナンスに気づけなかった。

現地に行って、ものすごく驚いて帰ってきた。これは、彼の人生観を変えたと思う。

慎　はい、その後、銀行は離れられましたが、今もずっと応援してくださっています。

これでは、世界銀行はできないじゃないか

出井　２０１３年末からの準備では何をしていました。

慎　実は最初は、プライベート・エクイティの人たちと一緒に、ファンドを作ろうと考えていました。でも、そのチームは解散させてしまった。それが、２０１４年３月でした。だから、振り返ってみると２０１３年末からの半年間は何もしてなかったに近いですね。結局、一人に戻って、３カ月はぼんやりと事業計画を作り直していました。

出井　メンバーで視点が違ったのですね。

慎　経営方針などが合わなかったのですが、今になって思うと、自分の経営者としての器

不足ですね。

出井　アメリカ的なファンドで、ＧＰ（ゼネラル・パートナー＝無限責任組合員）は、自分がいかに損しないで投資してリターンを得られるか、という考え方。どちらかといえば、お金のテイク・テイクという発想。そこが今でも、私は気に食わない。

慎　私はモルガン・スタンレーとユニゾン・キャピタル、どちらもファンドにいました。なので、当初はファンドの発想から完全に抜け出せていなかったのです。ただ、ゼロベースで考えてみると、どうしてファンドなんだっけ、となりまして。

出井　そうでしょう。

慎　はい。ファンドで生じる問題の一つは、時間軸の相対的な短さです。投資期間10年といえば長く感じるかもしれませんが、普通のプライベート・エクイティのファンドは、だいたい作って投資してリターンを上げて回収までが10年というタームですよね。

２０３０年までに世界銀行を作りたいのに、ファンドだと途中で現地の会社が売ってしまっていることになる。これでは、世界銀行はできないじゃないか、と。

出井　日本がアメリカのファンドをまねるのは、やはり違うと思う。

慎　このときも、出井さんに泣きそうになりながら報告しに行ったんですよね。チームを解散させてしまいました、と。

出井　いやいや、「そうか」という感じでしたよ。皆さん、必ず自分で答えを見つけていく。私がメンター的なアドバイスで答えを与えるより、自分が考えるほうが絶対にいいんです。

「最初の3年がつらいぞ」は本当だった

慎　今になって考えると、ベンチャーの初期のチーム解散は〝あるある〟なんですね。私たちが特殊だったわけではなかった。ただ、とにかく、やっぱり実際に自分たちがそうなってみると、けっこうつらい。

当時はまだ、自分たちも〝あるある〟だとは思っていませんでしたし、人によってはショックを受けていました。「そんなこと、よくあるよね」という人と、「もう本当にガッカリですね」みたいな感じの人とバキッと意見が分かれて、いろいろ考えさせられました。

出井　まぁ、そうでしょう。

慎　出井さんは、これまでにいろんな人たちを見ていて、経験もあります。だから、出井さんと話していると、自分がどの辺りにいるのか、とてもよくわかるんです。出井さんが「大したことじゃない」と言うなら、それは大したことじゃないんだろうなという具合です。このときも報告に対して、「そうか」という反応だったことはありがたかったのです。

それで、そこからの3カ月は、事業プランニングにかなり時間を費やしました。

出井　慎さんは、自分にものすごく厳しい。これぞという目標を立てたら、日本中を本当に走っちゃう人ですからね。

慎　このときは、本当に考えました。それで、ファンドではなく会社で、株式でお金を集める、という結論になりました。

株式は英語でＰｅｒｍａｎｅｎｔ Ｃａｐｉｔａｌ（パーマネントキャピタル）。つまり、ずっと留まり続けるのです。返済を想定されていない出資で事業をしたほうが、長期的な視点が必要になる私たちにはふさわしいと思いました。

例えば、「投資の神様」と称されるウォーレン・バフェット率いるバークシャー・ハサウェイも株式会社で投資をしています。このモデルの場合、初期が最も大変です。

バフェットの伝記のタイトルは『スノーボール』です。まさにこの通りで、〝雪ダルマ〟です。ファンドは最初から30億円とか50億円とかで始められますが、会社はそうはいかない。

初期は3億円とか4億円とかで、大きくなると勢いがつく。まさにこれを今、感じているところです。まだまだ苦労は尽きませんが。

出井 最初が大変だと覚悟はできていた？

慎 このとき、当時はユニゾン・キャピタル代表だった江原伸好さんに「どう思いますか」と相談もしました。すると、「これは最初の3年がつらいやつだぞ」と。実際、つらかったです。

出井 考え方に賛同してお金を出すわけだけど、リターンはしばらくない。これは投資というより、寄付みたいな形になる。

慎 出井さんにチームの解散を報告したのが3月で、6月ぐらいに「新しい案ができました」と伝えましたね。

出井 このとき、サポートを決めたんですよ。

慎 最初の株主の一人になっていただきました。

全国を駆けずり回って、お金を集める

出井 話を聞いて、いい仕組みだと思った。それは、自分でも考えていましたからね。だから、「初期の必要な資金を入れないといけない。リターンは忘れるよ」という感じでした。

意味や意義を理解して、同じような人が現れて、必要額は必ず集まるだろうと思いまし

た。たしか1000万円くらいだったかな。

慎　そうです。

出井　差し上げるつもりでしたね。ただ、資金集めは、大変だったと思う。

慎　創業時の3億円少しは、ありがたいことに集まりましたが、そのあとが大変でした。

誰も投資していない会社に、最初に投資する人は会社の事業をよく理解している人です。基本的には、誰かが投資しているから安心してお金を出してくれます。ところが、日本でマイクロファイナンスを投資の目線で見ている人は、JICA（国際協力機構）に数人くらいで、日本の企業にはいませんでした。一方、海外のグローバル投資家は、自国以外の投資はロットが大きい。だから、「規模が大きくなったら来なさい」と言われるわけです。

ニワトリが先か、卵が先か。ここから抜け出せないと、会社は軌道に乗らない。それでどうしたのかというと、全国を駆けずり回って、いろんな人たちからちょっとずつお金を集めることにしました。3年かけて、個人だけで合計で15億円ぐらい出資していただきました。

出井　マイクロファイナンスですから、事業をやりながらお金はどんどん出ていく。

慎　そうなんです。お客さまに融資するたびに、お金がなくなっていく。3年で15億円まで集めたタイミングになって、ようやく法人の株主さんがつきました。

出井　第一生命だね。どういうつながりだったのですか。

慎　弊社の株主の一人が第一生命の担当者をご紹介くださり、ここから話が始まりました。その部門の担当役員の方が、過去にインド事業に携わっていたんです。だから、マイクロファイナンスの意義や採算性を理解してくれたのだと思います。

日本の投資家コミュニティーは面白くて、実績ができると、みんなついてきます。第一生命の後、弾みがついて3年で日本の株主だけで１００億円ぐらいエクイティで集まりました。

本気度を理解できる日本人もちゃんといる

出井　それにしても、最初によく3億円を集めたと思う。

慎　すべて友人、仕事の知り合いからでした。知り合いの知り合いが1人だけですね。元同僚や上司も「お前がやるなら」と。会社の退職金よりも、はるかにたくさんもらえた気がします。

出井　慎さんの情熱や経歴、それまでのすべてがつながったのでしょうね。

慎　出井さんにご紹介いただいた方にも、教えを請いに行きました。ＵＷＣ　ＩＳＡＫ　ＪＡＰＡＮ理事長の小林りんさんも、その一人でした。彼女の話はとても参考になりました。なぜかといえば、りんさんの場合は学校だったので、出資ではなく、すべて寄付でした。個人を駆けずり回って、10億円、20億円を集めたのです。

寄付でこれだけ集められるのであれば、出資なら当然できるだろうと自信になったのは大きいですね。

出井　私は、りんさんもサポートしていました。慎さんと思いは違いますけど、情熱があってという点は同じです。

慎　知り合いをひたすらたどる。実際、寄付した人たちから「お前もどうだ」と言われると、みんな寄付する。出資もそうで、人づてとクチコミでした。

出井　本気度を理解できる日本人もちゃんといるんです。

慎　やれば、なんとかなりました。あと、これまでの積み重ねも助けてくれたと思います。

最近、ベンチャーを始めた人たちから「投資家を紹介してください」と言われたとき、自分がようやく気づいたことです。紹介された人が投資をするかどうかは状況次第ですが、少なくともその人に「紹介されたあの人に会って時間を損したぞ」と思われないことはとても大切だと思いました。私の場合、変わった経歴だし、本州を縦断して1648キロ走ったこともあるし、囲碁も六段だし、変わった事業だし、ということで紹介しやすいんだなと思います。

とにかく「時間が大切な人たち」を紹介するわけです。この人とちゃんとやり取りできるかなとか、粗相しないかなとか、印象に残る話ができるかなとか、そういうことが気になるわけです。少なくとも、お礼状をきちんと書いてくれるかなとか。

投資してもらえるかどうか。それは、どのくらい多くの人たちに「こいつは誰かに紹介してもいいな」と思ってもらえるかにかかっています。

出井　ベンチャーに共感する人は、一定数いますからね。ただ、ちゃんと離陸できるかどうかが、最も難しいところです。

実際、ファイナンス事業は、さっきも話したけど、お金を集めても集めても、あっという間になくなる。

慎　マイクロファイナンスの融資残高は世界で約20兆円ですが、潜在的な需要は約８００兆円もあります。しかも経済成長に合わせて、毎年7％から10％ずつ増えています。２０２０年で８００兆円なら、２０２１年は８８０兆円、２０２２年には９５０兆円ぐらいになっている。なので、お金は、お客さまへの融資で、蒸発するようになくなってしまう。当時は本当に砂漠に……。

出井　水を撒くように……。最初に進出した地域はカンボジアでした。

慎　はい、カンボジアに行って、現地のパートナーを見つけました。

出井　それから、スリランカ。

慎　カンボジアで始めて1年経たないうちに、スリランカとミャンマーでも事業を開始しました。片方でお金を集めて、片方で現地の信用組合やマイクロファイナンスの会社を通じてお客さまに融資していきました。

出井　カンボジアとスリランカの様子を見せてもらったのは、２０１６年でしたね。

あと10年は「お金がない」と言いながら事業していると思う

出井　最初がしんどいのは、実はメーカーでも同じです。私は入社時のソニーで経験しました。当時は、売り上げが80億円ぐらい。いつも金ない、金ない、金ない、ですよ。でも、一方で「助けてやろう」という人がいました。そういう感覚を持っている人は、いつの時代もいるんじゃないかな。

慎　今、まさに売り上げが80億円ぐらいになります。ちょうどシリーズDの資金調達が終わって、約１４０億円の資本が集まりましたが、お金はまったく足りていない状態です。おそらく10年ぐらいは、ずっとお金がない、と言いながらやっていると思います。

出井　事業が大きくなったらなったで、お金が必要になるのですね。

慎　事業展開する国が増えていきますので。

出井　現地を、どうマネジメントしていますか。

慎　どこの国にも弊社の人間が駐在し、場合によっては現地企業の役員として働いています。ですから、現地の状況は、だいたいわかります。最近はガバナンス強化で、内部監査にも力を入れています。

出井　欧米からもマイクロファイナンスに投資する会社が多いでしょう。

慎　5％や10％の株主という小口で入る投資家が大多数です。他方、50％以上の株式を持つパターンでは、世界で主要な会社は10社もありません。

株式を50%以上持つと、コントロール権を有する株主として、いろいろなトラブルに対応しなければいけません。それを未然に防ぐには、現場を確認したり数字をチェックしたりする人が必要となり、管理コストが大きくなります。小さい規模だと割に合わない。

出井　そして、現地の融資先はいくらでもある。カンボジアとスリランカでは、村の人がみんな知り合いで、マイクロファイナンスが組織化される前から地元の人同士でお金を貸し借りしている。すごいシステムだと思いました。

慎　融資額は、小口で５０００円くらい、通常は2万～3万円です。

出井　借りていることを村のみんなが知っているので、返済しないわけにはいかない。だから、焦げ付きは少ない。

金融は「なかったら困る」ぐらいでいい

出井　カンボジア、スリランカは初めてでしたが、森の中で生きていくため、お互いに助け合っていたのでしょう。農耕や狩猟の段階の世界だからね。日本では考えられない。

でも、とてもいいことだと思いました。こういう助け合い精神を日本は忘れている。今こそ発揮しないと。だって、ＯＥＣＤ（経済協力開発機構）加盟国の中で、シングルマザーの貧困率は日本がトップですよ。でも、ここに銀行は絶対に貸さない。日本でもマイクロファイナンスをやらないといけない。

慎　普通の人が当たり前に事業して生きていくには、お金が必要です。経済が伸びていくときは、将来もうまくいくという期待を持ってお金を出してくれる人が欠かせません。それがないために、うまくいかない事業がたくさんあります。

私たちの仕事は、すべての人にお金のやりくりが便利になるツールを提供することです。融資は、その一つです。

出井　融資を受けた人たちからは、どんな感想がきていますか。

慎　これまで各国で何百人もインタビューしてきました。ドラマチックな話もありますが、たいていは普通の話です。日本で信用金庫からお金を借りて事業をしている人たちを考えていただくとわかると思いますが、たしかに信用金庫はなかったら困りますが、主役はあくまで事業をしている人たちです。例えば、60年前に信用金庫からお金を借りて屋台を始めた事業主が、レストランチェーンを経営するまでになったとします。その事業主は、自分が頑張ったからだと思っているはずです。

それでかまいません。金融は「なかったら困る」ぐらいでいいと思います。金融機関は黒子ですから。

出井　そうはいっても、マイクロファイナンスの事業に手応えを感じているでしょう。

慎　お客さまに稼いだお金を何に使うかを聞いています。今はお客さまの99%が女性で、ほ

カンボジアでマイクロファイナンスを利用している一家

とんど母親です。

稼いだお金の用途1位は食費です。毎日ご飯を食べられるって、とても大切です。母親は、それを第一に考える。私もいつも実家に戻ると、とにかくいっぱい食べさせられます。おそらく若いときにご飯を食べることが大変だった人は、子どもを飢えさせないことを最初に考えるのでしょう。

2位は学費です。今、１００万人のお客さんがいて、そのお子さんはおそらく３００万人ぐらいになると思います。これは日本の全児童数の七分の一に相当します。その子たちが普通に学校に通える。少なくても高校ぐらいまでは出てほしい、というのが親の願いです。

そんな母親の思いを実現するお手伝い

ができているのは良いことだと思っています。

中国に30年後、対抗している国があるとしたらインドだけ

出井　アジアがとにかく伸びると思っていますが、起業してアジアの成長を実感することはありますか。

慎　あります。インターネットサービスは、アメリカの企業が世界を席巻しました。ＡＩ（人工知能）は中国が間違いなく勝者になると思っています。

ただ、フィンテック、特にマイクロファイナンス領域のフィンテックは、私はインドだと考えています。最もマーケットが大きくて、それゆえに最も競争が激しい国の勝者が、世界の勝者になるんですよね。

出井　そうですね。

慎　次は、インドです。私は出井さんにも連れていっていただきましたが、いろんな場で世界中の起業家を見ています。シリコンバレーの人たちは、オールドスクールっぽくなっている。

10年くらい前、最も熱かったのは中国の起業家たちでした。でも、今はインドが熱い。起業家のクオリティーが高い。グーグルもマイクロソフトも、社長はインド人です。

そして、グーグルとかフェイスブック（現メタ）とかアマゾンだとかで働いていた人たち

が、インドに戻って起業しているのです。もちろん、途上国なので、行ったり来たりはありますけど、人材のクオリティー、そして数は圧倒的です。

今、私たちはテクノロジーカンパニーになろうとしていて、間もなくテクノロジーチームが従業員の過半数を超えます。エンジニアを常に募集しているのですが、英語ができてコミュニケーション能力も高くてプログラムを高水準でこなせる人材は、日本ではおそらく何千万円も報酬を払わないといけない。でも、インドなら数百万円で雇えます。

出井　シリコンバレーには、インドの人たちがどんどん集まってきていますよね。３０００人近く集まっている。それで、お互いに仲良くして、情報交換している。日本人では、見られない光景ですよね。

インドは、中国を抜くぐらいの存在だと私も見ています。

慎　もし、中国に30年後、対抗している国があるとしたら、インドだけだと思います。ほかの国は、人口的に難しい。もちろん、国対抗みたいな概念が、どこまで続いているかにもよりますけど。

ですので、考えているのは、向こう3年は持っているリソースのかなりをインドに割いて、インドでサービスを作ることです。当面はインドの人のためですが、それを世界に持っていくことを基本方針にしています。

人間がいたまま、どれぐらいで採算が合うようにするか

出井　どんなサービスを考えているのでしょう。

慎　例えば、審査。アンダーライティングのモデルを作って、アルゴリズムで可能な限り自動化していく方向に進めています。

　私たちのお客さまは、まだ3割しかスマートフォンを持ってなくて、3割は字が読めません。スマホ保有率は高まっていくと思いますが、識字率は世代が変わるのを待たなければいけません。したがって、半分以上のお客さまの窓口には人間がいないといけないのですが、裏側でテクノロジーを活用するようになります。

　世界中のマイクロファイナンスが融資にあたって、調達金利に5～15%を上乗せしています。それは人件費が高くつくためです。社員一人当たりのお客さま比率は２００人ぐらいです。

　人件費比率を低くしていかないと、お客さまへの提供価格は下げられません。人間の対面チャネルを残しつつ、自動化を進めていかないと、お客さまのためにならないのです。

出井　慎さんたちが大きくなればなるほど、新しいマイクロファイナンスのやり方を、自分たちで作っていくことに意味がありますね。なんせ、民間による世界銀行の設立が夢なんだから。

慎　アリババのアントグループは、社員一人当たりで７万人に対応しています。これはeコマースのチャネルがあり、データを活用できたことが大きいと見ています。データでできることは、審査を早くするとか、正確にすることです。これはデータで相当程度できる。社員一人当たりのお客さま数を高めるうえで、チャネルがデジタルか、人間かで変わってきます。人間では、おそらく数千人くらいが限界です。

でも、それで十分です。10％の上乗せ分のうち、人件費が６％ほどを占めています。社員一人に対してお客さま２００人だから６％ですけど、これが２０００人を超えると０・６％になりますので、人件費率がさほど大きな課題にならないようになります。

出井　この３年ですよね、インドが本格的に盛り上がってきたのは。

慎　インドには金融の最も優れたインフラがすでにできあがっています。金融は、マネーロンダリング対策なども含めると、ＩＤの仕組みや決済基盤がデジタル金融向けに構築できているかが極めて重要です。

インドのＩＤカードには、10本指分の指紋と瞳の情報が入っています。これを銀行口座と紐づけた。ほぼ全員がその銀行口座を持つようになりました。日本のマイナンバーとか、ありえないレベルの話です。それに加え、ＵＰＩ（Ｕｎｉｆｉｅｄ Ｐａｙｍｅｎｔｓ Ｉｎｔｅｒｆａｃｅ）という世界で最も優れたデジタル決済システムを作っています。

身体一つで認証、暗証番号もQRコードもいらない

出井　日本はマイナンバー以前に、野党が潰した背番号制を導入していれば、ここまで遅れなかったと思う。背番号制の必要性がわからないまま、マイナンバーを始めてしまった。

慎　混沌としているインドで実現したので、本当に偉業です。なぜできたのか、それはナンダン・ニレカニというインドのIT（情報技術）大手であるインフォシス社長を務めた人が担当だったからです。「これは、自分の一番大切な仕事だ」と言って取り組んだそうです。それぐらいの人材を据えないと、できなかった事業でしょう。そのニレカニでさえ、「2回ぐらい頓挫しそうだと思った」と聞いています。日本も孫正義さんにやってもらっていたら、たぶんできたはずです。

出井　ゴールドマン・サックスから出て金融をやっている親友のインド人がいます。「インドはものすごく可能性があるけど、全土に広げるのは日本よりも何倍も難しい」と言っています。彼はインドを４つに割って「攻めていく順番がある」と日本で講演していました。日本はインドに対しては、まだまだ投資が少ない。

慎　インドは本当に生き馬の目を抜くような競争の激しさがあります。ですから、行くときにはもう戦闘態勢でないと。

空港から降り立って、タクシーの運転手っぽい人が寄って来て値段を吹っ掛けてくるタ

イミングから、私は心持ちがインドモードになります。それぐらいのバイタリティーが必要です。

出井　中国もそうでしたが、順番からいったら、次はインドというのは目に見えている。日本はブラジルを「明日の国」と注目しているけど、インドのほうが成長は早いのではないかな。とくにＩＴの時代、データの時代だから、モノが伸びる時代とは違うんですよね。

慎　10本指と瞳のＩＤで何ができるのかというと、例えばコンビニエンスストアでモノを買うときに、指紋をかざせば済むわけです。その先には、顔をかざして瞳で買い物が完了する世界がある。これをニレカニは目指していたのだと思います。

自分の身体一つで認証ができる。暗証番号もＱＲコードもいらない。個人的には、指紋ではなく、静脈のほうが良かったのではとも思います。指紋は仕事によっては、けっこう削れてしまうので。

インフラ投資には、イノベーションのサイクルがある

出井　金融やマイクロファイナンスで、日本に足りない視点って、どんなものだと思いますか。

慎　一つは勢いですね。中国でもインドでも、フィンテック企業は、笑ってしまうようなスピードで成長します。中国では、3年で時価総額1兆円になりました、なんて会社もある。天気がいいところに行くと陽気になるのに似ていて、成熟した国だと物事がゆっくり

安定して進んでいくので、スピード感が出にくいのはわかります。国自体が伸びているところは、全力でダンスパーティーして走るといった雰囲気なので、起業家たちの勢いがすごくあります。もちろん、伸びるのが速くて、沈むのも速い面もありますが。

もう一つは、現地の人たちが必要としている事業を提供する、ということです。インドの金融サービスもそう。キャッシュレスがなぜ途上国で大切なのかというと、現金を持ち歩いていると危ないからです。襲われる危険がある。

日本はそんなことはないので、現金でもクレジットカードでもよくて、無理してキャッシュレスを押しつけているようなところがある。人が困っていることに寄り添えているのか、私はときどきわからなくなります。

出井　その通りですね。日本は無理にモノづくりベースでやろうと、技術から発想して失敗してしまう。中国でキャッシュレスが広がった理由として、お札が汚いという背景もありましたからね。その意味では、進め方そのものを考えないといけない。

　それから、ルールを決める必要がある。今、一番いけないのは、金融庁がルールをいつまでも決めないことです。野球だって、ルールが決まってなければ試合にならない。だから、試合が始められない。ルールがあれば、その中で競争が生まれますから。

慎　エコシステムが育つには、適切な規制、投資家、事業家、インフラなどが必要になります。暗号資産に関しても、ある時期までは日本に取引所が集中していたんです。もっとやりようがあった気がします。

出井　以前、私のところにはアメリカからしょっちゅう電話がかかってきて、「東京はどうなっているか」と問われたけど、もう何も言ってこない。暗号資産は日本が一番進んでいたはずなんです。ところが、ルールがないから、盗まれるなどのトラブルが起きた途端に「これはいかん」とすべて止めてしまう。

慎　インフラ投資には、イノベーションのサイクルがあるのではないでしょうか。クレジットカードとＱＲコードの差って、ユーザーからするとほぼないわけです。しかも最近、クレジットカードもかざして決済できるようにもなっている。

インフラが一度できあがると、「どうしようもなくレガシーだよね」とみんなが思うまでは、新しいインフラに乗り換えるインセンティブが働かない。中国でみんながＱＲコードを使い始めたのは、クレジットカードを持っていなかったからです。

中国でうまくいったから、日本でうまくいくのか、というのは別の話ですよね。

出井　ニーズはないね。それより、ＦｅｌｉＣａ（フェリカ）の技術を使えばいい。Ｓｕｉｃａ（スイカ）の開発をソニーがお手伝いしたのは１９９８年からでした。

慎　あれで十分だと感じます。

出井　先進国の中央銀行は、デジタル化を望まないんです。だから、ＦｅｌｉＣａをやっていた人たちは、カンボジアのデジタル化で活躍していますよ。

慎　途上国のほうがデジタル化に関しては速いですよね。同じジレンマですよね。日本銀行の銀行券は質もいいし、これで問題ないと思っている。

出井　でも、日本も何年後かに真剣に考えないといけなくなる。そのときには、デジタル社会として便利になっていないと困りますよね。

言うことを聞かない人がいる前提でのガバナンスの仕組み

出井　日本は総務省がインターネットを、経済産業省がコンピューターを管轄するという、奇妙な分け方をしています。それで、２つの省がぶつかり合っている。社会システムが古い。

慎　2020年、ドイツ人の同僚と行ったロンドンでは、マスク拒否でデモが起きて、多くの人が逮捕されていました。「日本やドイツでは考えられない」と話していました。過去に大帝国を立てた国って、こういう感じです。国民の多数がやりたい放題だったりする。ローマ帝国、モンゴル、スペイン、イギリス……。

何が言いたいのかというと、みんなが慣習や共同体の言っていることを守る国は、みんなが従う前提でシステムを作るから、慣習や文化を共有できない人にまでそのシステムを広げることができない。

グローバル企業におけるガバナンスも同様です。世界中で通用する仕組みは必要だと思いました。グローバルに通用するガバナンスの仕組みを作るなら、言うことを聞かない国民性の人たちを含め、たくさんの異なる国の人と一緒にやったほうがよいシステムが作れる気がしています。

こう考えると、国の強みは、国民性に根付いていますね。モノづくりが得意な国民性と、システムづくりが得意な国民性は違うなと思います。

出井　日本は、自分で忖度《そんたく》してしまう国民性なんですよ。検索エンジンに秀でていた日本で、なぜプラットフォームができなかったのか。検索は著作権に引っかかるからダメなのでは、とメーカーが勝手に推し量ってしまった。

日本は、何かやる前に「こうやったら怒られるだろうな」を先に読んでしまう。その意味で、怒られることをまったく気にしないインド人や中国人とは違う。製造業にしても、不良品は絶対ダメだから。だから、バグがあっても後で修正すればいいというソフトウエアは出せなかった。

慎　ソフトウエアづくりは、日本人はあまり得意じゃないですよね。一生懸命にやっても、いい成果につながるようには思えません。それよりも、違う方面で活路を見出したほうがいい。世界のゲームのルールはどんどん変わっていきます。でも、自分の強みや特性は変わらない。であれば、自分たちの強みを生かして、やっていけるものを選ぶのが現実解になります。

出井　そうですね。ガバナンスやソフト化は、ほかの人と一緒にやったらいい。中国は、ＯＭＯ（オンラインとオフラインの融合）がバズワードになっていますが、オンラインはやっぱり強い。アメリカも強権国ですが、中国はデータをすべて集められる。だから、アメリカよりずっと優位な立場にある。ＡＩは抜きんでるでしょう。日本は中途半端ですね。

慎　プライバシーを気にしないでいいので、アルゴリズムを作るクオリティーが圧倒的に高くなります。繰り返しになりますが、次のＡＩのスーパーパワーは間違いなく中国でしょうね。

強権国家が増える背景に、ソーシャルメディアの影響

慎　中国は、粛々と覇権を握る戦略、作戦を立ててやっていると思います。ドルベースで

見ると、GDP（国内総生産）は少なく見えますが、購買力平価ではおそらくアメリカを抜いています。でも、自分がスーパーパワーになっているのに、つい最近までそうは見せていない。

あと、長期政権だからできることがありますよね。民主主義の国家が今や数カ月先のことしか言えなくなってしまった一方で、変化の激しい時代であっても10年、20年の計を立てられるという点で中国は強い。

アジアで中国とある程度の距離を置けるのは、インドと日本以外、多くありません。ほかは、すでに中国の息がかかっているし、今後もそれは強くなっていくと思います。

今、アメリカとヨーロッパは、アフリカを中国からひっぺがそうとしている印象です。アフリカでは、反中国デモも増え始めている。言い方を換えると、アメリカやヨーロッパの開発資金は、アジアにはあまり向けられないようになってきています。

アジアの多くの国においては、年々、中国の影響が強くなっています。タイ、ラオス、カンボジアを見ても中国華僑がたくさん住んでいるし、シルクロード上にあった中央アジア諸国に対しても影響力が強まってきています。

つい最近まで、私は中国が世界の覇権国家になるのは確実だと思っていたのですが、ちょっと不透明だなとも感じるようになりました。それは近年になって、中国が大国主義を明確に打ち出すようになってきたからです。中国が自分たちを脅威だと思わせないような戦略をあと10年続けて他国を油断させることに専念していたら、ものすごいことが起きていたと思います。

それと、中国国内でネット企業が厳しい規制対象になってきたことも気がかりです。これが続くと、優秀な中国人が次々と中国を離れてしまう可能性があります。歴史的に成功した大国は、常に優秀な人々が移住したがる場所でした。

強権国家が増えるのは、ソーシャルメディアの影響がけっこう大きいと思っています。５年、10年と観察していると、ソーシャルメディアが好きな人って、どんどん意見が極端になっていっているんですね。

それは、ソーシャルメディアがそういうふうに作られているからです。それが、今の世界におけるポピュリズムの台頭に影響を与えている。

最近、ソーシャルメディアは規制したほうがいいと感じています。これらのＳＮＳ（交流サイト）のアルゴリズムは、人間の脳の仕組みをハックして依存させるようにできている。タバコや酒といった依存性のあるものを未成年者に禁じると同様に、子どものＳＮＳ使用は規制するべきだと思います。もちろん、社会に出てから慣れる必要はありますが、小さいときのソーシャルメディアは本当にいいことなのか。

出井　一番いけないのは、ＧＤＰという指標を使っていることです。これは10年くらい前に私の著書にも書きましたが、ＧＤＰは１９３０年くらいにできた指標で、インターネットが入

っていない。これでは、豊かさを正しく表さない。ただ、アメリカは今までこのGDPで得をしてきた。

ところが、中国は、もっと得しているかもしれないですね。中国の国力は、すでにアメリカを完全に抜いているだろうから。ところが、GDPではわかりません。新しい指標が出てくれば、この問題は明らかになります。

慎さん、どうもありがとう。引き続き、頑張ってください。

（2020年10月29日　五常・アンド・カンパニー本社にて）

第6章

YOSHIKI

［ミュージシャン］

YOSHIKI

YOSHIKI（ヨシキ）
作詞家、作曲家、「X JAPAN」リーダーとしてピアノ、ドラムを担当。これまでに、天皇陛下御即位十年記念式典の奉祝曲、愛知万博公式イメージソング、ハリウッド映画のテーマソング、そして世界最高峰の米ゴールデングローブ賞 公式テーマソングを作曲するなど、グローバルに活動している。

サステナビリティーに強い関心
エンターテインメントの可能性を探っている

フランスでも、聴衆が歌い出したことに、本当にびっくりした

出井　ロサンゼルスから、オンラインでありがとうございます。初めてお会いしたのは、5、6年前かな。

YOSHIKI　いえ、もうちょっと前だったような気がします。アメリカ・カリフォルニア州ナパにある最高峰ワインの一つ、スクリーミング・イーグルのパーティーがありました。自分もワインをナパで造っているご縁で参加させていただきましたが、そこでお会いしました。

　実は、アメリカでソニーがどのようにできたのか、ソニーの成り立ちについて書かれた英語の本をたまたま手に入れて読んでいたんです。その後半に、出井さんも登場されていました。素晴らしい内容で、出井さんにはいつかお会いしたいと思っていました。

　そのパーティーに出井さんもいらっしゃると事前に聞いていたので、その英語の本を持っていったんですよね。出井さんにサインをしてもらおうと思って。

出井　もちろん、覚えていますよ。YOSHIKIさんが「サインしてくれ」なんて言うから、びっくりしましたよ。人にサインを頼むなんて、YOSHIKIさん、初めてなのではないかと思いました。

YOSHIKI　それでサインをいただいて、その後、出井さんの奥さまも一緒に食事を

させていただいた、というのが、交流の始まりですね。

出井　YOSHIKIさんはソニーと契約をしていた時代もありましたが、そこで顔を合わせるようなことはなかったですからね。

YOSHIKI　当時のCBSソニーでデビューしました。そのあとは東芝EMIやワーナー・ミュージック・グループなどレーベルに移籍しましたので、ソニーは最初の3年ほどですね。

出井　そうですね。

YOSHIKI　そのあと、5年ほど前、アメリカのソニーと一時期、契約していました。

出井　ロックとクラシックを両方やる人、というイメージくらいしかなくて、コンサートも行ったことがなく、CDを聴いたことがあるくらいでした。でも、食事しながら、さまざまな話をしたら、とても気が合いました。

YOSHIKI　そうなんですよ。自分も出井さんとはすごく気が合うなと思いました。コンサートにも来ていただきましたよね。

出井　そうです、そうです。何度も行きましたね。コンサートに行って驚くことがありました。演奏はもちろん、素晴らしいのですが、それだけではなかった。

聴衆が歌い出すでしょう。あの様子に本当にびっくりした。歌がきれいなんですよね。初めて見たときには感動しましたよ。

しかも、日本だけじゃなくて、フランスでも、同じように聴衆が歌っていたのですから。すごいなぁ、と改めて思いました。

飛行機に乗らなくなって、いろいろ考える時間ができた

出井　アメリカもコロナ禍で大変だったと思います。今はどんな活動をしていますか。

YOSHIKI　基本的にはレコーディングですね。コンサートに関しては、計画はしていますが、コロナ禍の様子を見ているところです。

良くも悪くもこういう時代になってしまったわけですが、オンライン配信に早くから興味を持っていました。同時に、映像関係ですね。ハリウッド映画の音楽を少し手掛け始めていまして、音楽を伴った映像の制作もやっています。

昔から音楽業界だけではなく、エンターテインメント業界全体に興味を持っていました。だから、エンターテインメントがどんなふうに動いていくのか、自分たちはどのようにしていけばいいのか、世界レベルでいろいろと考えていますし、さまざまな計画を練っています。

出井　コロナ禍で最も影響を被っているのは、エンターテインメント業界だと思うんですよ。この環境で続けていくのは、なかなか難しいのではないかと思います。

YOSHIKI　そうですね。たしかに出井さんがおっしゃる通り、エンターテインメン

「YOSHIKI CHANNEL」の会員は、生配信やアーカイブ視聴、放送中のコメント機能などを楽しめる

ト業界というのは、デッドボールをくらったような状況ですね。ただ、直撃はされましたが、その中でもできることがあります。

今こうしてオンラインで日本とつながっていますが、この後の時間は「ＹＯＳＨＩＫＩ　ＣＨＡＮＮＥＬ」でライブ配信をします。今日は、急遽、僕がピアノを弾くことになったんですけど。

「ＹＯＳＨＩＫＩ　ＣＨＡＮＮＥＬ」は、有料会員が世界四十数カ国・地域にいるのですが、こういった新たな可能性が改めて見えてきたと思っています。

これまでコンサートで世界中をツアーで回ったり、もちろん日本でもツアーを開催したりしてきたわけですが、今後はリアルとバーチャルのハイブリッドでの活動になっていくだろう、ということですね。

そういった意味で、いろんな実験的なことをさせていただいて、今後の可能性も感じているところです。

出井　ＹｏｕＴｕｂｅ（ユーチューブ）はかなり前か

らでしょう。

YOSHIKI　はい。配信とか、映像制作とか、数年前から始めていました。でも、こういう時代がくるとは思っていなかったですね。

出井　配信事業はどうですか。

YOSHIKI　すごく手応えを感じています。音楽や映像だけじゃなくて、ワインなどもやっていますので、そこともつなげられますね。

出井「Y by YOSHIKI」のワインは、おいしくいただいていますよ。どんどん増えていますね。

YOSHIKI　はい。今、ナパバレーでカベルネ・ソーヴィニヨン、シャルドネ、あとはピノ・ノワールも造っています。おかげさまで順調です。

　また一緒にワイン飲みたいですね。出井さんとワインを飲むの、大好きなんですよ。

出井　東京で真夜中まで飲む。そういうのもいいですね。

YOSHIKI　いろいろな機会でご一緒させていただいて、交流することができて、とても楽しかったです。実は僕、日本にもう18カ月、帰っていません。ずっとロサンゼルスに留まったままです。

出井　ロサンゼルスのご自宅は変わらず、ですか。

YOSHIKI　そうですね。今はほぼ、スタジオと家を行ったり来たりだけですね。

出井　あのご自宅は、広くていいですよね。

YOSHIKI　いえいえ。でも、出井さんもそうだと思いますが、コロナ禍になる前までは、１週間に１回くらい飛行機に乗ってあちこち移動していたんですよね。考えてみたら、大変なことをしていたな、と思って。

それで急に、（インタビュー実施時点で）18カ月も飛行機に乗らなくなったわけですから、逆にいろいろ考える時間ができた。この機会は良かったな、と思っています。

エンターテインメントって何だろうな、という思いが強い

出井　コロナ禍でデジタルのポテンシャルに改めて気づいた人は多いですね。

YOSHIKI　配信事業もまだまだ、これから大きな可能性があると思っています。

例えば、自分のようなアーティストがアジアから、もっといえば日本から出ていって、アメリカで知名度を上げようとしたら、やっぱり全米で１００本、２００本とコンサートツアーを組まなければいけなかった時代があったんですよね。

でも、今は配信も含めて、ソーシャルメディアもありますし、拡散しやすくなったといえます。

しかも、「ＹＯＳＨＩＫＩ　ＣＨＡＮＮＥＬ」は直接配信ですが、ネットフリックスやアマゾンプライム、フールー、ディズニー＋（プラス）などの動画配信サービスもあります。実

際、自分の番組がディズニー＋でアメリカでも放映されています。可能性がものすごく飛躍しています。

エンターテインメント全体で見てみると、今回のコロナ禍は見る角度によって違ってきますよね。悲観的に見たら、そう捉えることもできます。でも、角度を変えて、これからの可能性を感じさせる時代が始まった時期でもあった、と自分には思えるんです。

出井　まったくその通りだと思います。何十万人もリアルで集めようとするのは難しい。だから、映像配信とか、ＳＮＳ（交流サイト）とかは、相当に大きな可能性がありますよ。人数に制限がないですからね。

ＹＯＳＨＩＫＩ　もともと配信には早くから興味を持っていました。出井さんからもいろんな話を聞いていましたし、親友の一人にはセールスフォース・ドットコム創業者のマーク・ベニオフさんもいますし、楽天会長兼社長の三木谷浩史さんもそうです。

親しくさせていただいている多くのテクノロジー関係の方々を通じて、配信についてもいろいろと学ぶことができました。

出井　ＹＯＳＨＩＫＩさんは興味の幅が本当に広いですよね。

ＹＯＳＨＩＫＩ　エンターテインメントって何だろうな、という思いがやっぱり強いんですよね。だから、いろんなことを知りたい。

クラシックが好きで、もともとベートーベンの時代から入りましたが、当時はネットによる配信手段なんてなかったわけですよね。楽曲を作るときに、自分は譜面で書く古い方式を採っていますが、コンピューターで作曲も変化してきています。

　すると、こういう時代のエンターテインメントって何だろう、と思うわけです。音楽業界もいろんな変化があるし、ゲーム業界の変わりようもすごいですよね。

出井　たしかにね。

YOSHIKI　音楽はメインですが、エンターテインメントとしては幅があっていいと思っていて。

　実際、アメリカで大活躍しているアーティストたちは、音楽だけじゃなくて洋服のブランドを持っていたり、コスメティックのブランドを作っていたり、総合的にいろんなエンターテインメントとして人々に訴えかけ、商品やサービスを提供しているんです。

　この動きは今後もっと強まっていくでしょうし、日本も同じようになっていくのではないでしょうか。その意味で、これはエンターテインメントになるだろうと自信を持っている取り組みもあるし、実験的な試みもあるという状況です。

出井「ＹＯＳＨＩＫＩＭＯＮＯ」ですね。いいと思います。

　ワインもそうですけど、実家が呉服屋なので、着物もやらせてもらっていて。

YOSHIKI　ありがとうございます。おかげさまで２０２０年、東京国立博物館の着物の歴史の展示で、現代の着物にピックアップされて展示していただきました。

出井　素晴らしいですね。YOSHIKIさんはもともと興味の幅が広いのだから、活動をさらに知ってもらうことができたら、もっともっと可能性が広がると思う。そこでインターネットを活用するといいんですよ。

世界の目が、アジアに向いている

出井　もうアメリカ生活が長いですが、アメリカのエンターテインメントはどう変化しているのでしょうか。

YOSHIKI　仮にエンターテインメントの勢力図という世界地図があったとすると、20年前、30年前というのは、アメリカが世界の大半を占めるような地図になっていたと思うんですよ。

　でも、今はアジアのパワーが顕著に大きくなってきています。世界地図の中で、勢力図のパラダイムシフトが、確実に起きていると感じています。

　30年ほど前にアメリカに来たわけですが、「日本のロックスターだ」と名乗ったところで、誰にも見向きもされなかった状況にありました。日本のロックスターって何だ?と、クエスチョンマークがついていた。

　でも、今は「日本でロックスターです、アジアでも力があります、影響力があります」と言えば、音楽関係者をはじめ、多くのアメリカ人の目の色が変わります。もちろん、いい意味で。これは、ヨーロッパの人も同じです。

それこそ、「どんなコラボレーションができますか」なんて話が出てくる。今、世界中のアーティストとコラボレーションするプロジェクトが進行中ですが、それもこの時代だからできたんだな、と感じています。

出井　いやぁ、アジアでも、特に韓国でしょう。

YOSHIKI　Ｋ－ＰＯＰはすごいですね。アジアの勢いという意味で、Ｋ－ＰＯＰの飛躍は大きいと思います。

日本にも素晴らしいアーティストはたくさんいます。ただ、一つあるとすれば、国内市場が大きいため、ビジネスとして成り立ってしまうことです。音楽業界でいえば、日本は世界2位の巨大なマーケットですから。

韓国もそうですが、アジア各国のほとんどは、自国のマーケットだけではやっていけない。中国は、国内に大きな市場がありますが。

その意味で、Ｋ－ＰＯＰのアーティストは、韓国から競い合うように世界に出ていったわけです。それが飛躍につながっている。日本のアーティストも、同じように世界でチャンスはあったでしょうし、今からでもいくらでもあると思います。

出井　ほかの産業でもいえますが、アジアが伸びているし、これからも伸びていくんですよ。インドも、すごい国ですしね。

K-POPの飛躍は急に起こったわけではない

YOSHIKI　韓国は、実は日本の市場も見ています。K-POPのアーティストは、日本語のバージョンも出していますし。それも含めて、いろいろ尊敬できるところがたくさんあります。

　K-POPの事務所の人たちやアーティストの方々も知っていますが、やはり練習量はとんでもないです。ものすごい試練のようなリハーサルを積んでいるのは間違いないですね。大きな成功の裏には、相当な努力があります。

出井　韓国は国内マーケットが小さいので、世界に出ていかないといけないという意識を、ほかのビジネスでも持っています。日本は国内マーケットが大きいので、のんびりしてしまう。バブル経済の崩壊までは、大成功していましたし。

　日本の視野の狭さは、アーティストだけじゃなくて、ビジネス全体にいえることです。そしてビジネスでも、韓国は猛烈な努力をしています。

YOSHIKI　韓国がここに至るまでには、時間もかかっています。K-POPアーティストの飛躍は、急に起こったわけではありません。10年以上前から、ずっといろんなアーティストがチャレンジしていました。その結果として、今がある。

　30年くらい前って、日本はものすごいパワーを持っていました。日本ブランドがアジアに大きな存在感を示していたし、日本人もプライドを持つようになった。

でも、そのことがその後の安心感につながってしまったのかもしれないですね。その間に、アジア各国が勢いをつけてきたという。

出井　エンターテインメント業界で起きていることは、日本の製造業と同じです。日本のマーケットでしっかりシェアを取って、後はその余力で輸出しようという会社が多かった。韓国は、海外進出に本当に熱心でしたから。

YOSHIKI　そして今は、中国も、インドもそれはもうパワーがありますね。YouTubeは、インドでも盛り上がっています。

出井　インドはなんといっても人口が多い。10年後のインドは、ものすごく大きなマーケットになっていると思います。

YOSHIKI　中国はもちろんのこと、インド、そしてアフリカと、この10年で一気に来る気がしています。

出井　あと日本のエンターテインメントに関して思っているのは、アーティストだけではなく、ビジネス全体が世界から遅れているということです。歴史が古いでしょう。しかも、成功体験も大きい。

加えて、私に言われたくないかもしれないけど、年を取っている経営者も少なくない。経営やマネジメントでも若さが必要だと思うんですよ。

世界中で、もっともっとパラダイムシフトが起こっていく

出井　アジアの勢いに、アメリカ人自身は危機感がないのかな。

YOSHIKI　どうなんでしょう。アメリカに30年近く住んでいますけど、どこか日本人という観点で物事を見てしまっていますので、アメリカ人の観点では見ていないかもしれないですね。

　アメリカというと、何においてもナンバーワンという、ある種のプライドがあるのは事実です。ただ、それも地域によって違うんですよね。東海岸や西海岸には、ある程度、いろんな情報が入ってきます。アメリカ中央部になると、情報が限られているのではないでしょうか。これだけ情報があふれる世の中になっていても、です。

出井　アメリカは領土が広いですからね。国土の両サイドと真ん中では、文化がかなり違う。

YOSHIKI　政治的にも、民主党と共和党がかなり分断しているな、という感じはします。この何年かは特に。

出井　ＹＯＳＨＩＫＩさんの最近の関心事は何でしょう。

YOSHIKI　世界中で、もっともっとパラダイムシフトが起こっていくと思っています。変化の流れとエンターテインメントがどこまでつながるべきなのか、というのを今、模

索しています。

世界の大きな課題は、サステナビリティー（持続可能性）ですよね。ＳＤＧｓ（持続可能な開発目標）という言葉は、日本でも広まっています。ここに対して、エンターテインメントがもっと協力していかなければいけないと、ずっと考えています。コロナ禍の前からの問題意識です。

エンターテインメントに限らず、サステナビリティーは今後、あらゆる企業に欠かせない考え方になっていきますよね。そこにどうやってエンターテインメント業界が貢献していくことができるのか。

それを、大きなパラダイムシフトの前にできることを見つけないといけないと思っています。それから、そのパラダイムシフトでどのような活動をしていけるか、ということですね。

出井　サステナビリティーも含めたパラダイムシフトは、音楽業界だけでなく、ソニーやトヨタ自動車のような大企業にとっても大変化です。技術が変化し進歩し、同時に世界中のマーケット状況が変わっていく。この動きは、コロナ禍の影響を受け、加速していくことになりますね。

どのようにサステナビリティーに貢献できるのか、本気で考えている

YOSHIKI　父親を幼い頃に亡くしたこともあって、不幸にあった子どもたちのために何かできないかと、10年以上前からチャリティー活動をしていました。「ＹＯＳＨＩＫＩ　ＦＯＵＮＤＡＴＩＯＮ　ＡＭＥＲＩＣＡ」というＮＰＯ（非営利組織）を立ち上げたのは、２０１０年でした。

　その翌年に日本で東日本大震災が起こって、災害に対しても支援していこうと取り組みを進めました。その流れで自然と向き合う機会が増えていったんですね。例えば、オーストラリアで山火事があったときにも寄付したり。そういう中で、気候変動についても興味を持つようになりました。

　２０１９年にニューヨークで開催されたサステナビリティーに関するミーティングに招かれたことがありました。その場で貴重な話を聞くと同時に、「サステナビリティーでは、

どの領域にＹＯＳＨＩＫＩさんは貢献できますか」と問われたのです。我が事として、ますます強く興味を抱くようになりました。

あと、出井さんもそうですけど、世界で影響力のある方々はサステナビリティーについて、いろいろ考えておられます。友人のベニオフさんに、世界的な企業のトップが集まって食事する場に何度も招いていただいていますが、そういうときの議題はやっぱりサステナビリティーです。

みんな、自分たちが、あるいは自分たちの会社がどのようにサステナビリティーに貢献できるのか、本気で考えている。なるほど、じゃあ、エンターテインメントはどのように貢献していけばいいのか、自然に考えるようになっていきました。

出井　サステナビリティーと音楽、エンターテインメントを結びつけるのは、決して簡単ではないですね。

YOSHIKI　そうなんです。例えば、ちょっと前に話題になったＮＦＴ（非代替制トークン／代替が不可能で偽造不可なブロックチェーン上で発行された、所有証明書付きのデジタルデータ）とか、イーサリアム（インターネット上で使用できる暗号資産の一つ）とか、ビットコインとかは、注目の動きですよね。

でも、暗号資産の取引承認には膨大な計算が必要で、いわゆるマイニングの話になってきます。すると、マイニングは膨大な電力消費をするのでサステナビリティーに反してはいないか、という話にもつながってくるわけですよね。ただ、今後はバッテリーの機能が上がって、マイニングもそれほど電力を使わないで済む、といった話もあります。

ブロックチェーンには、自分は賛成しています。これまで著作権に強くこだわっていて、20代の前半から著作権を管理する出版社を立ち上げているんです。ブロックチェーンの技術は、著作権とライセンス供与でぜひ使うべきだと思っています。

でも、ブロックチェーンの仕組みが、電力の観点からサステナビリティーに反してはいないか、ということにもなる。マイニングの性能がもっと高まれば、解決できるのではないかということです。

もう一つ、エンターテインメント業界がサステナビリティーとつながっていくシンプルな方法があります。エンターテインメント業界は、ハリウッドの映画にしても、音楽にしても大きな影響力があるからです。サステナビリティーを掲げる企業と組んで、何かをやっていく、というのもありますね。

出井　もうＣＤのようなメディアはなくなります。そうすると、ブロックチェーンとか、ＮＦＴとか新しい技術に対応していくしかない。

私が心配しているのは、ＮＦＴに対して、金融庁のルール作りが遅れている点です。何も決めていない。今のままだと、世界からさらに遅れてしまう。日本にはデジタル化の遅れという課題があります。

YOSHIKI　法整備の問題も、今後の課題の一つでしょうね。

あれ、これってどこまでが限界なんだろう、と思って

出井　もうアメリカに渡って30年になるんですね。どうしてずっとアメリカを拠点にしているのでしょうか？

YOSHIKI　グッド・クエスチョンです。4歳でクラシックピアノを始めて、10歳でドラムに出会い、高校時代には文化祭などでドラムを叩いていました。バンドを組んで、盛り上がってしまった。

それで、「ひょっとしたら自分はすごいんじゃないか」と思って、コンクールに出たら優勝してしまいまして。東京に出て、ロックバンドとしてライブハウスで演奏したら、人気が出てしまったわけです。

「あれ、これってどこまでが限界なんだろう」と思って。デビュー前に、「１００万枚売ります、東京ドームやります」と強い口調でインタビューに答えているんです。それを読んだ人は「まだデビューもしていないのに、あなた、何を言っているの」と思われたでしょうね。

ところが、デビュー2年経たずに、東京ドーム公演が実現しました。その流れで「海外進出だ」となって。こういうのって、やってみなきゃわからないじゃないですか。自分は

基本的に実行派なので、「考えていてもしょうがない、やってみなきゃわからない」とアメリカにやってきました。

2〜3年やってダメだと思ったら、日本に戻ればいい、と。でも、ダメだと思えなかった。どこで失敗と思うか、どこまでを失敗と思わないか、ということでもあるんですよね。

その結果が出るのが10年かかるのか、20年かかるのか、わかりません。でも、まだいけると思っているので、その延長線上のまま、今アメリカにいます。成功しているわけではないですし、そこまで達成したとは思っていませんが、着実に目標に向かってきているな、という実感はある。

つまり、アメリカに来て30年近く経った今も、限界が見えていない。これが、アメリカに居続けている一番の理由ですね。

出井　気持ちはよく理解できますね。日本にはソニー・ミュージックも含めて、たくさんの音楽の会社があるけど、結局、日本国内の営業が中心ですよ。国際化がまったく進んでいなかった。

そんな中で、ＹＯＳＨＩＫＩさんが音楽業界でいち早くグローバル化していった、ということですよ。国際化が、音楽会社よりも、はるかに早かった。業界ではなく、ＹＯＳＨＩＫＩさんみたいな人がマーケットを切り拓いていったんですよ。

要するに、日本では音楽の国際化は、人から始まっているということです。会社や団体ではなくてね。「個」で頑張っていこうという人が引っ張っていく。

アドベンチャーという言葉をもっと強調したほうがいい

YOSHIKI　先ほど、本を読んだ話をしましたけど、ソニーってすごい会社だと改めて思いました。井深大さん、盛田昭夫さん、大賀典雄さん、そして出井さん。あの時代に、まさに世界規模で事業を展開していたわけですよね。自分たちがお手本にしたくなるようなことが、もう何十年も前にあったということです。

英語で書かれた分厚い本は、だいたい途中で挫折してしまうのですが、初めて数百ページを読破できたのがソニーについて書かれた本でした。とても面白かったし、それくらいのことが自分にもできるかもしれない、ということを教えてもらいました。

出井　ソニーだって、どんどん国際化して、伸びて大きくなっていったんですよ。それと同じように、「個」のアーティストだって頑張れると思います。

YOSHIKI　あの本を読んで、「まだまだ先にいけるんだな」と改めて思いました。いい意味で、大きな影響を受けました。

出井　アメリカから見た日本は、どう感じていますか。

YOSHIKI　すごくいいところと、逆にもったいないと思うところがありますね。もし何も仕事をしていなくて、あとはもう死ぬまでゆっくり暮らすだけ、ということになったら、日本を選ぶと思います。

すべてに関して、素晴らしいですから。人は優しいですし、環境もとてもいい。今、生活しているハリウッドのど真ん中では、近くで銃声が飛び交っているようなこともあります。アメリカは、決して安全な場所ではありません。暴動が起こったりもしますしね。だから、いつか日本に帰ってゆっくり住みたいと思うんです。そこが日本のいいところ。製造の技術も高いですしね。

ただ、逆に日本は環境が整い過ぎているので、世界に向かう意欲があまり高まらない、ともいえます。素敵な国なので、外に向く必要がなくなってしまう。日本国内で完結してしまう。

ここを危機感として持つようになれば、日本はもっともっと素晴らしくなると思います。ほかのアジア各国は、とりあえず世界に出ていかないといけないわけです。その国の中にいることで、いろんな不安要素もたくさんある。だから、外に向かうベクトルが出てくる。日本も、そういったベクトルが高まるといいですよね。

出井　まったくその通りですね。日本の若い人たちの中には、日本の国内で起業して、小さく上場してから、銀座でお酒を飲んで満足しているような人たちもいる。だから私は「ベンチャーに、もっとアドベンチャーを」と強調したいです。もっと冒険してほしいですね。

YOSHIKI　自分も東京ドームで公演するようになって、「これでロックスター気分を味わえるんだ」という時期にアメリカに出てしまいました。先ほども言いましたけど、当時のアメリカでは日本のロックスターに、誰も見向きもしなかった。

だから、「またゼロからやらないといけない」と思いましたし、そうせざるを得なかった。でも、それは大きな刺激になりましたね。今もそうですが、やっぱり戦っている気持ちです。

出井　個人がもっと思いきったリスクを取らないとダメですよね。

アメリカでは、アーティストが、ある種のCEOです

出井　YOSHIKIさんのチャレンジの源泉は何だろう。

YOSHIKI　「X JAPAN」というバンドをやっていて、基本的にいろいろなものを「X」にしていまして、出身地も「X」にしています。そうは言っても、知っている人は知っているので、ここでは明かしてしまいますけど（笑）、僕は千葉県の館山市で生まれ育ちました。

房総半島で気候がよく、過ごしやすいところです。そこでバンドを始めて、もし学園祭で満足してしまっていたら、東京に出てきていないですよね。高校の仲間たちに褒められて、〝館山のロックスター〟で終わっていたでしょう。

でも、外の世界があることを知ったわけです。まず東京がそうですよね。東京で一番に

なろう、と。それから、日本一になるんだ、と。

外があるという気づきと、あとはどの視点で見るか、だと思います。東京があって、日本があって、そこで世界地図を見たら、「そうか、世界というのがあるのか」となりますよね。やっぱり世界で戦いたくなると思うんですよ。だから、世界で戦うための準備をするし、努力をしようとする。

あとは、自分が影響を受けた音楽家、クラシックのベートーベンとかモーツァルトとか、西洋のロックスターだったり、もっといえば偉大なソニーを築き上げた人たちだったり、そういう方々の存在も原動力になっているかもしれません。

出井　エイベックスからドリーミュージックで代表を務めた人が、今、クオンタムリープにいて、「海外に行きたいエンターテインメントの人を助けるため、クオンタム・エンターテインメントという会社を作ろうかな」なんて話をしているんですよ。

「個」がどんどん強くなってほしいし、実際に強くなっていくと思う。そこでエージェント的な仕事をすれば、いろんなアーティストの役に立つと考えています。

YOSHIKI　いいですね。日本のエンターテインメントでは、事務所がアーティストを雇うじゃないですか。でも、アメリカのエンターテインメントの世界では、アーティストがエージェントを雇い、弁護士を雇い、マネジャーを雇うんですよね。

アメリカでは、アーティストが、ある種のCEO（最高経営責任者）なのです。そこが、日本とは発想が違うところだと思います。

出井　まさにそれをやろうと思っています。日本のアーティストたちも今、ＹｏｕＴｕｂｅも含めて、「個」で動く人たちが増えてきている。彼らにエージェントとして、いろんなソリューションを作っていきたい。

だったら、誰もやってこなかった最初のアーティストになります

出井　アーティストがＣＥＯをやっているアメリカと違って、日本のアーティストは独立性が足りないと思います。すべて会社が用意してくれるから、それに乗っていればいい、という感じでしょう。ＹＯＳＨＩＫＩさんは、それが最初からなかった。

YOSHIKI　最初にＣＢＳソニーと契約したとき、すべてが守られている、と感じたと同時に、これは自分で権利が主張できるのかな、と疑問に思ったんです。

こんな話を出井さんにさせてもらっていいのか、ちょっとわかりませんけど、ソニーと契約したとき、自分は「Ｘ　ＪＡＰＡＮ」の楽曲の大半を作曲しており、レコーディングアーティストとして契約しました。そのときに「音楽出版社契約にサインしてください」と言われたのです。つまり、著作権譲渡契約です。

「あれ、音楽出版社契約って、レコード会社との契約でサインをするのか」と不思議に思って、「どうしてここでサインするんですか」と言ったら、「そういう決まりなので」と担当

者から返ってきました。

ＣＢＳソニーでメジャーデビューする前に、インディーズレーベルを自分たちでやっていました。そこでお願いしていたエンターテインメントの弁護士に相談したところ、「著作権譲渡契約のサインをする必要なんてない」と言われました。

そのことをＣＢＳソニーの担当者に伝えたら、「いや、そういうアーティストはいないんで」と言われまして。このとき、自分で音楽出版社を作ってしまいました。

最初のアルバムはＣＢＳソニーとの契約でしたが、「次のアルバムは自分の音楽出版社に登録させていただきます」と言いました。当時まだ23歳くらいでしたが、担当者に「えっ」と驚かれました。

「業界的にまずいんですか」と聞いたら、「まずいです」という返事。なので、「何をもってまずいんですか」と尋ねたら、「そういう決まりです」としか言われなくて。

このやり取りの間で、「いろんな意味で、これは壊す価値があるな」とひらめいたんです。ギャップが大きいわけですよね。それは、今後の可能性があるということにほかなりませんから。それで、「だったら、誰もやってこなかった最初のアーティストになります」と言いました。「そういう決まりを外れます」と言い、どんどん外れていったんです。

デビューして30年くらい経ちますけど、今もやっていけているのは、原盤権や音楽出版権を自分たちで持っていったことが大きかったと思います。

出井　それが音楽産業と映画産業の違いです。映画のスターは、みんなフリーランスでしょう。ロサンゼルスというのは、「個」の街ですよ。

　日本の音楽業界は、そうではない。どこかに入ったらそこでのルールに従うことになっている。でも、それが今は崩れかかっている。

YOSHIKI　インターネットが広がって、今やどのエンターテインメントも一つの国におさまり切らなくなっている。その国のエンターテインメントじゃなくて、世界の一つになってきている。実際、世界に出ていけるわけですよね。

　その意味では、アメリカでの常識と日本の常識は、いつか一緒になると思います。

出井　そうですね。

YOSHIKI　その境目にきているのではないでしょうか。

人は生まれながらにして、ミッションを持っている

出井「個」でやるには大変さもあるけど、可能性も大きいですね。

YOSHIKI　どこかの日本の事務所に所属していると、守られている感がありますよね。それはそれで、いいところはあります。

逆に、個々でやっていくとなれば、どんなときも戦わないといけない。だから、不安ではありますよね、どんなときも。事務所という壁がありませんから、どこからいつ敵がやってくるかわからない。常に戦闘状態でいないといけない。

でも、その姿勢が今後は大事になってくるのではないでしょうか。守られていないで、いつも戦場にいて、常に戦っていかないといけないという状況は間違いなく危機感を生み出し、ポジティブに作用することも多いです。

出井　いろんなチャレンジもできますしね。

YOSHIKI　人って、生まれながらにして、何かのミッションをみんな持っていると思っているんです。だから、自分のミッションは何だろうと探す旅こそが、人生の一つですね。そして、最後に息を引き取るまでの間に、そのミッションを果たすために努力する。

どこかのタイミングで芸術家、音楽家でやっていくんだと自分は考えました。そうであれば、最後の瞬間までに頂点を取りたいですよね。世界というマーケットで戦わないというチョイスはないじゃないですか。

戦うしかないという流れで、今に至っているんです。

出井　いいですね。チャレンジすることが大事です。ベートーベンだって、日本人にはドイツの古いクラシック音楽にしか思えないけど、あれはイタリア人から見ると大変なチャレンジャーなんですよ。

交響曲９番は日本人が大好きであまりに有名だけど、交響曲に合唱を入れるなんて、とんでもない曲作りです。それは、イタリアから見ればわかる。私は、イタリアの若い指揮者が好きなので。

そういえば、ＹＯＳＨＩＫＩさんの曲が世界に流れたね。２０２１年に開催された東京オリンピックで。女子のボクシング選手、入江聖奈さんが入場曲に選んだＸ　ＪＡＰＡＮの「紅」でした。

YOSHIKI　本当にびっくりしました。

出井　なんといっても金メダルを取りましたからね。ＹＯＳＨＩＫＩさんがツイッターで祝福していたと、日本のメディアでも大きな話題になっていましたよ。

YOSHIKIさんのような人にもっともっと出てきてほしい

出井　改めて日本のポテンシャルについて、どう感じていますか。

YOSHIKI　作り出す、という意味においての繊細さは優れていますよね。勤勉ですし、まじめですし。だから、何かの刺激があれば、とてつもないポテンシャルを発揮すると思います。

出井　日本人であることも大切だけど、それがすべてじゃない。ＹＯＳＨＩＫＩさんを見ていると、そういう気持ちになりますけどね。

YOSHIKI　やっぱり日本は好きですよ。食にしても、世界で最もおいしいレストランが集積している場所だと思いますし。ほかの国にも、２つ、３つとおいしくて素晴らしい店はありますが、日本はその比ではない。基本的には、何を食べてもおいしいじゃないですか。

　あと、生活していて安心できる。実は自分は潔癖症なくらい清潔好きな人間なので、日本にいればすべてに関して安心できますよね。だから、もし息を引き取るなら、日本でと思います。今はアメリカにいますけど、ここが最終目的地ではないので。

出井　海外にいるからこそ、それは実感するところでしょうね。

YOSHIKI　あと、「わびさび」って、なかなか英語では説明できませんが、そういう感性も好きですね。

出井　日本の良さとして、地方の良さというのも、ＹＯＳＨＩＫＩさんも感じるでしょう。それを日本はもっと認識して、東京一極集中をやめていかないといけないと思っています。ようやく今、その動きがだんだん大きくなってきている。地方の良さをもっと認識できたら、日本はもっと世界的に認められるはず。

一方で、地方から外に出ていくのも大事。そういう人たちも育っていかないといけない。これからの日本のイノベーションは2つの政策が必要です。地方の良さを助けていく、アジアに出ていって成長していく、この二重政策ですね。

YOSHIKI　おっしゃる通りですね。日本の地方には、素敵なところがいっぱいあります。

出井　テレビ東京の『Ｙｏｕは何しに日本へ？』という番組が面白い。外国人が自転車1台持って日本を巡ったりしていると、地方の皆さんが本当に親切でね。

一方で、ＹＯＳＨＩＫＩさんのような人にもっともっと出てきてほしい。

YOSHIKI　今、世界という土俵で戦っていますけど、まだ世界に対するドアを開けた程度です。これから、この先の世界を楽しみに見にいきたい。そのための努力をしている途中です。

音楽家として、どこまでいけるか自分を試したいですし、少しでも自分の活動が、日本の方々にとっての刺激になればいいな、と思っています。

あとはサステナビリティーという世界共通の課題に、どうやって貢献できるか、改めて考えていきたい。災害をはじめ、いろんな問題が各地で起きていますが、そこではサステナビリティーが関係してきます。できる限りの貢献をしていきたいと考えています。

出井　また会いたいですね。

YOSHIKI　こちらこそ。出井さんと一緒に食事を、ワインを飲める日を本当に楽しみにしています。奥さま、ご家族の皆さまにもよろしくお伝えください。

出井　貴重な時間をありがとうございました。

（2021年8月11日　オンラインにて）

第6章 YOSHIKI

右から、出井伸之氏、YOSHIKI氏、セールス・フォース・ドットコム会長兼創設者のマーク・ベニオフ氏

おわりに

アジア開発銀行が、興味深いデータを紹介している。１７００年、世界のＧＤＰに占めるアジアの比率は、実に６割近いものがあった。１８００年は５割強。それが１９５０年になると２割を少し超えたレベルになり、80年には２割を大きく割り込んだ。

ところがここから、アジアの比率は高まっていく。２０１０年に２割を超え、30年の予測では３割も超える。50年になれば、５割になっているだろうと予測している。世界におけるアジアの存在感は、間違いなく高まっていくのだ。

それこそ20世紀は、大西洋の時代だったといえる。しかし、21世紀は太平洋、そしてアジアの時代へと変化する。世界経済は、大西洋から、太平洋へと移り変わるのだ。

こんなデータもある。アメリカの広告会社大手オグルヴィ・アンド・メイザーが今後10年、中流層消費者が鍵となって急速に成長することが予想される12の市場「ベロシティ12」に関する調査レポートを発表した。

中流層の成長を捉える際、資産ではなく、購買力平価による収入に着目して、各市場の成長や変化の速度をベースに評価した「成長市場ランキング」では、上位10国のうち、実に7国が、アジアの国だった。

トップは、インド。２位からは、中国、パキスタン、インドネシア、バングラデシュ、ナイジェリア、エジプト、フィリピン、ベトナム、ブラジルと続く。ここでも、圧倒的な成長市場としてのアジアの姿が垣間見られる。

これから何が起きていくのかは、もう見えているのだ。間違いなくアジアの時代がやってくる。

日本はバブル崩壊以降、春夏秋冬の「秋」の時代に入り込み、インターネット時代が到来した２０００年以降は「冬」の時代に突入していることは、「序章」や対談でも記した。しかし、季節はやがて巡る。

日本が長く続いた「冬」をいつ終えて、「春」の時代を迎えることになるのかはまだはっきりしないが、来るべきネクストパラダイムの時代には、アジアの中に日本が位置しているという事実が、大きな意味を持ってくるだろう。

日本が新たな「春」を迎えるための起爆剤が、アジアには潜んでいる。それをいかに探り当て、活用していけるかどうかが、これからの日本には求められてくる。

企業の時価総額ランキングを見ても、ベスト10はアメリカ企業と中国企業で占められている。頑張ってトヨタ自動車が50位以内に入れるかどうか。１９９０年以降に誕生した企業から、トップランクをつける企業が出てきておらず、アメリカや中国に大きな後れを取っているといえる。新しい産業への新陳代謝が、なかなか進んでいないのだ。

ビジネスプロセスは、相変わらずの従来型、一方通行ビジネスであり、プラットフォーマーも出てこない。

それでも今回、話を聞かせてくれた６人の方たちがヒントを与えてくれているように、いろいろな領域で、いろいろなチャンスがまだまだあると私は見ている。何より、今なおアジア最大級の経済規模を持つ国であることは間違いないのだ。

そして何より、大きなキーワードは「個」だと私は思っている。日本人が、いかにして「個」に目覚められるか。これからは、それが問われてくる。「個」を目覚めさせてくれるうえで、６人の皆さんの話は、大いに刺激になったのではないだろうか。

日本の「春」の到来のために、私自身も引き続き、「個」としての行動を起こしていきたいと思う。

最後になったが、本書の刊行にあたっては、日経BPの戸田顕司さんにお世話になった。構成・編集の作業を進めるうえでは、ブックライターの上阪徹さんにご尽力いただいた。また、元クオンタムリープのエグゼクティブフェローだった細田知美さんには企画のきっかけを作っていただいた。そして、クオンタムリープ広報担当の斉藤裕子さんに、インタビューの準備から校正を含むさまざまな面でサポートいただいた。この場を借りて、感謝申し上げたい。

また、対談を快くお引き受けいただいた、6人の皆さんに改めて御礼申し上げたい。

本書がこの先の日本経済の発展に、少しでもお役に立てれば幸いである。

2021年11月　出井伸之

出井 伸之（いでい・のぶゆき）

1937年、東京都生まれ。60年早稲田大学卒業後、ソニー入社。主に欧州での海外事業に従事。オーディオ事業部長、コンピュータ事業部長、ホームビデオ事業部長など歴任した後、95年に社長就任。以後10年に渡り、ソニーの変革を主導した。退任後、2006年9月にクオンタムリープを設立。大企業の変革支援やベンチャー企業の育成支援などの活動を行う。NPO法人アジア・イノベーターズ・イニシアティブ理事長。

個のイノベーション —対談集—

2021年11月29日　初版第1刷発行

著　者　出井 伸之
発行人　伊藤 暢人
編　集　戸田 顕司
構　成　上阪 徹
写　真　鈴木 愛子（出井 伸之氏、土井 香苗氏、EXILE HIRO氏、慎 泰俊氏）
北山 宏一（冨山 和彦氏）
発　行　日経BP
発　売　日経BPマーケティング
〒105-8308
東京都港区虎ノ門4-3-12
装丁・本文デザイン　伊藤 健一（エステム）
印刷・製本　大日本印刷株式会社

ISBN978-4-296-11038-4